LA
CROIX DU MEURTRE,

DERNIER ROMAN

D'AUGUSTE LAFONTAINE,

TRADUCTION LIBRE

PAR Mme ÉLISE VOÏART,

AUTEUR DE LA FEMME, OU LES SIX AMOURS,

TOME TROISIÈME.

PARIS,

DELONGCHAMPS, ÉDITEUR-LIBRAIRE.

RUE HAUTEFEUILLE, N° 5o.

1831.

IMPRIMERIE DE PLASSAN ET Cie.

LA

CROIX DU MEURTRE.

III.

ON TROUVE CHEZ LE MÊME LIBRAIRE :

LA VIERGE D'ARDUÈNE, traditions gauloises, ou Esquisses des mœurs et usages de la nation avant l'ère chrétienne ; par madame Élise Voïart, 1 vol. in - 8°, figures. Paris, 1822. Prix,   4 fr. 50 c.

IMPRIMERIE DE PLASSAN, ET Cie,
Rue de Vaugirard, n° 15.

LA
CROIX DU MEURTRE,

DERNIER ROMAN

D'AUGUSTE LAFONTAINE,

TRADUCTION LIBRE

PAR Mme ÉLISE VOÏART,

AUTEUR DE LA FEMME, OU LES SIX AMOURS.

TOME TROISIÈME,

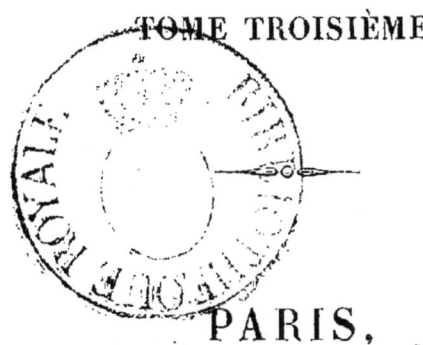

PARIS,

DELONGCHAMPS. ÉDITEUR-LIBRAIRE,

RUE HAUTEFEUILLE, N° 3o.

———

1831.

LA
CROIX DU MEURTRE.

~~~~~~~~~~~~~~~~~~~~~~~~~~~~~~~~~~~

STEUERWALD A SIEGMUND.

La proposition de me faire anoblir n'avait rien d'extraordinaire de la part d'un Greifenberg, et ne pouvait même m'offenser, puisqu'on savait que si je ne possédais point encore le titre de baron, c'est que mon oncle avait deux fois refusé une semblable distinction, et qu'il l'obtiendrait pour moi quand il le voudrait; mais Sidonie!.... Sidonie devait-elle m'imposer une telle condition? Si l'orgueil le lui demandait, l'amour n'aurait-il pas dû le lui défendre?... Elle! pour qui j'aurais donné la lumière de ma vie, mettait son cœur à prix !....

En quittant le baron, je rencontrai le forestier; toute la famille avait une sorte de considération pour ce brave homme, et je pouvais sans indiscrétion lui parler de ce qui se passait. Ce fut de lui que j'appris de la manière la plus certaine que Sidonie avait mis cette fatale condition à notre union. Je l'écoutais les yeux baissés, et un profond découragement s'empara de tout mon cœur, quand il ajouta: —Je sais, monsieur, tout ce qu'il peut y avoir de blessant pour un cœur tel que le vôtre dans ce procédé, mais aimeriez-vous mieux voir la comtesse déroger en votre faveur que de lui faire le sacrifice d'un préjugé?.... Au reste, c'est à vous à peser cela en vous-même, car aucun conseil ne peut vous être utile....

Il avait raison. Je revins chez moi fort troublé, et surtout fort indécis sur le parti que j'avais à prendre. En rentrant, je trouvai un domestique de mon oncle qui venait d'arriver à cheval; il me remit une lettre. Mon oncle me mandait de venir le joindre sur-le-champ avec une voiture et des chevaux, attendu qu'il avait des choses très-importantes à me communiquer.

Il était déjà tard, mais je ne remis point au lendemain à exécuter les ordres de mon oncle; et dans la confusion où la proposition du baron de Greifenberg avait jeté mes esprits, je pensai qu'il était peut-être heureux qu'un incident me permît de tarder à donner une réponse, et qu'il me serait plus facile de le faire après avoir vu mon oncle. Je partis donc à l'entrée de la nuit, après avoir donné l'ordre qu'on portât mes excuses au château, si je m'éloignais ainsi sans prendre congé : j'eus le tort de ne point écrire alors, car j'ai su depuis que mon message n'avait point été rempli.

Mon oncle avait été chargé d'organiser une province que le prince venait d'acquérir par un traité; il m'emmena avec lui pour me donner, tout en se servant de moi, quelques leçons d'administration. Il eut tant de choses à me dire sur notre mission, tant d'intérêts graves à discuter, qu'il me fut impossible pendant long-temps de lui dire un mot de ce qui me concernait. Un mois s'écoula dans de continuels travaux; ces derniers me causaient une distraction utile et me sauvaient de douloureux

souvenirs. Quand ils furent à peu
près terminés, mon oncle me demanda un jour :

— Eh bien ! as-tu trouvé ce
que tu cherchais il y a quelques
mois?...

Je lui racontai alors, et dans tous
ses détails, ce qui m'était arrivé à
Greifenberg. En m'écoutant, il se-
coua la tête, et me dit enfin :

— Tu t'y es pris en jeune homme,
et comme l'élève du sorcier, qui,
s'attaquant à un mauvais génie, s'a-
perçoit au milieu de la lutte qu'il
aurait mieux fait d'éviter le combat
que de le risquer ; tu aurais mieux
fait de murer ta fenêtre au lieu de

faire abattre l'arbre qui te cachaît
la vue de celle de Sidonie.... Il eût
mieux valu cent fois briser ton té-
lescope que de le dresser avec tant
de soin sur ce point dangereux.... Je
t'avais averti!... C'est le paradis ter-
restre, disait défunte ta pauvre mère,
mais le diable l'habite!... Enfin, tu
t'y es laissé prendre, et puisque tu
aimes cette fière beauté, il faut terminer cette affaire. Les lettres de noblesse ne doivent point être une dif-
ficulté; les derniers services que j'ai
rendus au prince me les feront obtenir sans peine; et tu sais que tu es
mon seul héritier.... Toutefois, je
pense que tu ferais bien d'attendre

une couple de mois, pour voir si cet
amour, cette passion violente, est
aussi *infinie*, aussi *éternelle* que tu le
crois;... entre nous, j'en doute : au
surplus, la condition imposée par la
fière demoiselle n'a rien qui m'é-
tonne, et ta répugnance à cet égard
est peut-être, en un sens, répréhen-
sible; tu aurais donc préféré qu'elle
se laissât *désanoblir* pour te plaire ?
Cela ne se peut. Les sacrifices de ce
genre appartiennent exclusivement
à l'homme maître absolu de sa destinée; celle de la femme l'enchaîne
toujours à des relations qu'elle ne
peut briser violemment.

Les conseils de mon oncle me parurent sages, et je les suivis; mais quelque répugnance que j'eusse à user d'aucune sorte de dissimulation envers Sidonie, je résolus pourtant de mettre son amour à l'épreuve par une courte absence; car, malgré tous les raisonnements de mon oncle, la fatale condition oppressait mon cœur.

Je courus donc de ville en ville, avec ce trait poignant, sans pouvoir me défaire des liens magiques qui m'entouraient. Je reçus alors une lettre de Minna. Ah! dans cette lettre, remplie de tout ce que l'amour a de plus tendre et de plus délicat, la pauvre jeune fille ne cherchait

point à me cacher qu'elle m'aimait!... Elle n'était en peine que de
trouver les expressions pour me le
dire..... Je sentis qu'il était de mon
devoir d'éteindre tout espoir dans ce
cœur si tendre, et dans ma réponse
je tâchai de lui faire comprendre,
moitié sérieux et moitié plaisante-
rie, que j'avais engagé ma foi à une
personne chérie.

Sa réponse fut telle qu'on devait
l'attendre d'une âme de la trempe
de la sienne : c'était la pudeur virgi-
nale dans tout son éclat. Sans me
rien déguiser de sa vive affection
pour moi, elle me félicitait de mon
bonheur, et en me parlant de l'heu-

reuse jeune fille qui devait être la
compagne de ma vie, on eût dit que
tout ce qu'il y avait de tendre et d'aimant dans son âme se fût reporté
sur celle que j'aimais. Seulement
certaines images, certaines expressions avaient disparu de sa lettre,
mais d'autres non moins gracieuses
les avaient remplacées. Son style
charmant, simple et naïf, était toujours le même, mais il s'était paré
d'autres couleurs.

Quelque temps après, elle m'é-
crivit de nouveau pour m'appren-
dre que son père, à la suite d'une
attaque de goutte, avait presque entièrement perdu l'usage de son bras

droit ; sa lettre était pleine de l'inquiétude que lui causait l'état de son père ; je consultai, à ce sujet, un médecin de mes amis, qui m'assura positivement que les eaux d'Eiger, en Bohême , guériraient radicalement le malade.

Aussitôt je montai en voiture , et je partis pour Holzeck, afin de prendre mon malade, et le conduire moi-même aux eaux. Le médecin que Reiche avait consulté lui avait aussi conseillé ce voyage.

— Allons , mon brave ami ! dis-je au pauvre paralytique , qui, tout tremblant de joie , me serrait les mains avec reconnaissance , nous passerons ensemble six semaines en Bohême, et je vous ramènerai ici bien portant.

Minna, en m'écoutant, versait des pleurs d'attendrissement. Ah! vous êtes notre providence, disait-elle; oui, je vous confie mon père avec joie! Allez, je préparerai tout pour votre retour.....

— Y songez-vous, Minna? dis-je en l'interrompant, quitter votre père malade? rester seule ici?... Non, vous nous accompagnerez; votre père est trop accoutumé à vos soins pour se passer de votre chère présence; vous viendrez avec nous : d'ailleurs, il est bon que vous voyiez un peu le mon-

de, quand ce ne serait que pour vous
convaincre qu'il ne vaut pas votre
douce et tranquille solitude. Minna
rougit de surprise et de plaisir; nous
fîmes demander un congé à l'administration des forêts, et nous partî-
mes tous trois.

Le voyage fut long, à cause de l'é-
tat du malade; mais combien, durant le trajet, la charmante fille ga-
gna dans mon cœur! Rien n'égalait
l'originalité et la finesse des aperçus, la sagesse et la profondeur des
réflexions, que lui inspirait la vue
de tout ce qui, pour la première
fois, frappait ses regards. La première grande ville, le premier théâ-

tre, le premier concert, la jetèrent
dans de grands étonnements; mais les
objets ne furent nouveaux pour elle
que peu de temps : elle s'y accoutuma si bien, qu'ils semblaient lui
avoir toujours été familiers. Aucune distraction ne pouvait l'arracher aux soins qu'elle prodiguait à
son père, et nos communs entretiens
étaient encore les plus doux de ses
plaisirs. Elle s'attachait à moi avec
une tendresse qui ne m'inspirait
plus pour elle aucun effroi, car je la
voyais toujours calme, gaie, tranquille ; seulement je remarquais
qu'elle évitait de rien rappeler qui
fût relatif à mes engagements de

cœur ; si son père venait à parler de
ma fiancée, je ne sais quel désir curieux me faisait chercher les yeux de
Minna, et je ne pouvais jamais les
rencontrer, car, ou elle sortait sous
un prétexte, ou elle trouvait moyen
de me dérober la vue de son visage.
Toutefois la liberté avec laquelle le
père saisissait ce sujet de conversation, me prouvait qu'il n'avait rien
de pénible pour sa fille, et que le
petit manége de cette dernière n'é-
tait sans doute que le résultat d'une
délicatesse de jeune fille que je ne
m'expliquais point, mais que je
croyais comprendre.

La saison des bains ne faisait que de

commencer quand nous arrivâmes
en Bohême. Il y avait beaucoup de
monde aux bains, et Minna ne tarda
point à avoir pour adorateurs tout
ce qui s'y trouvait de jeunes élé-
gants. J'étais curieux de voir comment la simple fille des bois se tire-
rait de cette épreuve, mais, à ma
grande surprise, elle sut, avec un
tact merveilleux, et comme si elle
eût toujours vécu dans e grand
monde, éloigner les moins circon-
spects, accueillir les plus aimables,
et les contenir tous, tout en badi-
nant, dans les bornes du respect.
Après six semaines de traitement,
mon vieil ami se trouva en effet

guéri, et nous songeâmes au retour.
Je voyais arriver le moment de notre séparation avec un sentiment
bien étrange : c'était un mélange de
plaisir et de regret, et je ne tardai
pas à sentir avec effroi que la beauté
de Minna, accrue encore dans ce
voyage par le bonheur, commençait
à devenir dangereuse pour moi.

Notre route passait par Tœplitz;
nous résolûmes d'y rester quelques
jours pour nous reposer. Arrivé à la
porte de la ville, je laissai un instant Reiche et sa fille, et j'allai chercher une auberge. C'était l'heure de
la promenade, et comme il y avait
beaucoup de monde sur le cours,

je le traversai à la hâte, mon chapeau enfoncé sur les yeux, de peur
de rencontrer quelque connaissance:
car j'étais couvert de la poussière
de la route. J'eus assez de peine à
me procurer trois petites chambres
dans l'auberge principale. J'y con-
duisis alors Minna et son père. Après
avoir fait un bout de toilette, je
quittai mes amis, un peu fatigués du
voyage, et je descendis sur le cours
me mêler à la foule.

La première personne que je rencontrai fut un de nos anciens camarades, le brave et jovial Geiger, qui,
en me présentant la main, me fre-
donna à demi-voix: *Gaudeamus igitur.*

— Geiger, mon cher Geiger, m'é-
criai-je, c'est toi que je rencontre
ici! mais que me chantes-tu donc?

— L'hymne de la vie et la joie,
car je les ai vues réunies tout à
l'heure sous leur plus doux aspect,
ces charmantes divinités... Si c'est
ta femme que j'ai vue il y a quelques moments appuyée sur ton bras,
ta vie doit être une action de grâce
continuelle; si c'est ta maîtresse, ta
fiancée, je t'en fais, ma foi, mon
compliment.

—Rien de tout cela! dis-je en riant;
c'est la fille d'un de mes amis que je
ramène des eaux d'Eiger; mais toi,
que fais-tu ici, et à quel hasard dois-

je le plaisir de te rencontrer?.....

Il me conta alors qu'il était pasteur dans un village de la Saxe, qu'il avait accompagné à Tœplitz son patron, et qu'il voulait profiter de notre heureuse rencontre pour passer ensemble gaîment quelques heures qui lui rappelleraient celles de notre jeunesse et lui feraient oublier les chagrins dont il avait eu sa bonne part depuis notre séparation. Il y avait dans sa manière de me dire tout cela ce certain pathos que tu lui as connu ; mais les saillies de sa bonne humeur jaillissaient comme par le passé de ses lèvres joyeuses. Il m'invita à souper avec deux de ses amis, Horst,

que tu as connu à Heidelberg, et un
de ses confrères, pasteur à Lindenau.

Je revins un instant à l'auberge
pour prévenir Reiche que je ne ren-
trerais que fort tard, attendu que je
devais passer la soirée avec d'anciens
amis de collége. Minna fit un petit
soupir, mais pourtant me souhaita
beaucoup de plaisir dans cette réu-
nion avec un air de sincérité qui dis-
sipa en moi tout regret de la quitter.

Le souper était déjà servi quand
je rejoignis Geiger. Ses amis arrivèrent, nous nous mîmes à table, et
nous voilà, suivant l'usage entre d'anciens condisciples qui se retrouvent,
à vider gaîment les bouteilles l'une

après l'autre, et à nous raconter nos aventures. Ce fut une soirée tantôt gaie, tantôt sérieuse, quelquefois un peu folle, mais où des cœurs sincères se livraient sans contrainte aux charmes de la confiance et de l'amitié. Le plaisir, les joyeux propos et le bon vin nous conduisirent ainsi vers minuit; il fallut enfin nous séparer.

— Puisse la jeune vierge au visage angélique t'accorder bientôt sa main! me dit Geiger en me quittant à la porte de l'auberge, où il m'avait accompagné. Quant à moi, je te donnerais de bon cœur la bénédiction nuptiale!....

Il faisait allusion à la fille de Reiche, qu'il m'avait vu conduire dans
l'auberge.

On m'éclaira jusqu'à la porte de
ma chambre; les fumées du vin me
montaient à la tête, mon sang circu-
lait vivement. Le souvenir des paroles de Geiger agitait singulièrement
mon cœur.

Déjà à demi déshabillé, je m'aper-
çois que j'ai laissé mon manteau dans
la salle d'en bas; je sors avec ma lumière pour l'aller chercher. En re-
venant dans le corridor, mon pied
heurte contre un obstacle, mon
flambeau est renversé, ma bougie
s'éteint. La crainte de troubler le re-

pos de mes voisins me fait regagner ma porte à tâtons : je l'ouvre, une voix de femme demande : — Qui est là?...

— Oh pardon! dis-je, tout confus de ma méprise; c'est la porte de Minna, pensai-je; sa chambre est, en effet, tout près de la mienne.....

— Dieu! Steuerwald, est-ce vous? dit encore la jeune fille d'une voix pleine d'émotion. A cet accent, je me sens bouleversé; je ne sais quoi d'impétueux, d'irrésistible s'éveille dans mon âme; je m'élance vers la jeune fille, que je distingue à demi dans la faible **lueur du** crépuscule;

je la presse contre mon sein palpitant; j'étouffe les soupirs de ses
lèvres, ses mots tremblants, fai-
bles, inarticulés, avec mes baisers....

— Steuerwald! dit-elle enfin tout
bas; et ses bras m'entourent et me
pressent sur son sein agité. Steuerwald! je t'ai toujours aimé!... et
des baisers brûlants répondent aux
miens.... Et quand je m'arrache enfin de ses bras et me glisse hors de
la chambre comme un criminel, le
remords pénètre comme une lame
d'acier ce cœur qui palpite encore
de volupté....

Je rentre chez moi, accablé de honte

et de repentir ; je passe la nuit à réfléchir au moyen de réparer ma faute.
Ne pas laisser à l'innocente Minna un
seul instant d'inquiétude, fut ma résolution. Aux premiers rayons de l'au-
rore, je quitte ce lit qu'aucun sommeil n'a visité ; je m'habille à la hâte.
En rejetant ma robe de chambre, un
médaillon en or en tombe ; il appartient sans doute à Minna : je le mets
de côté sans trop l'examiner, et je
me rends aussitôt chez Geiger. Il
dormait encore : je l'éveille ; il se frotte
les yeux en me regardant :

— Eh bien ! s'écrie-t-il gaîment, et
la vierge au visage angélique?... Mais
le sérieux de toute ma contenance

fait expirer la parole sur ses lèvres.

— Les folles joies de l'ivresse, répondis-je avec amertume, ont souillé l'être angélique; tu m'as plongé dans l'abîme, Geiger! il faut que tu m'en tires sur-le-champ.

Je lui racontai tout pendant qu'il s'habillait, et je le conjurai de m'unir à Minna le matin même. Je lui donne ma parole d'honneur que je suis libre, ainsi que la jeune fille; que son père ne mettra aucun obstacle à notre union, et qu'ainsi sa complaisance ne peut lui attirer aucun reproche.

— Et cet ange t'aime? demanda-t-il; heureux mortel! Fixe l'heure toi-même ; en cinq minutes, je suis prêt à vous unir.

— Il serait bon, lui dis-je, que cette cérémonie se fît ici. Il y a tant de monde dans cette auberge, qu'il serait peu convenable....

— Soit, répondit Geiger, cette maison appartient à un de mes amis; fais venir ici la jeune fille et son père, nous y serons aussi tranquilles que tu le voudras.

Je lui demandai de quoi écrire, et j'envoyai sur-le-champ ce billet à la fille de Reiche :

« Chère Minna, et de ce moment » ma bien-aimée, si vous pouvez me » voir sans colère, si vous pouvez

» m'aimer encore.... Venez, je vous
» en conjure, accompagnée de votre
» respectable père. Qu'il prononce sur
» notre sort, et qu'un mot de vous me
» rende souverainement heureux ! »

STEUERWALD.

En attendant le succès de ce message, j'avais donné l'ordre d'atteler
notre voiture, car je ne voulais pas
demeurer un jour de plus dans ce
lieu fatal.

Au bout d'une demi-heure, Minna
pâle et les yeux en pleurs, arriva
avec son père : Quels mots avez-
vous écrits ! s'écria-t-elle. Ah ! mon
Dieu, si je puis vous aimer encore !... Vous pouvez le demander !...

Ses larmes coulaient avec violence,
et les regards inquiets du père de-
mandaient une explication que je ne
pouvais donner.

— Eh bien! s'il est ainsi, m'é-
criai-je en l'enveloppant de mes bras
et en la pressant sur mon cœur plein
d'amour et de repentir, sois désor-
mais, et pour toujours, ma Minna,
ma femme, mon épouse chérie! En-
tends-tu?... Cet homme que tu vois,
continuai-je en lui montrant Geiger, qui, déjà revêtu de son habit de
ministre, feuilletait le livre de prières, va appeller sur nous les bénédictions du ciel, lier nos mains des
saints nœuds de l'église; le veux-tu,
Minna? dis, le veux-tu?....

Elle regardait le pasteur avec de grands yeux troublés et inquiets.

— Oui, ma chère enfant, dit celui-ci, je suis ici pour vous bénir, vous marier à monsieur Steuerwald, ici présent, si vous l'aimez, si vous voulez bien devenir sa femme et si toutefois votre père y consent.

Elle pâlit de plus en plus, et se tournant vers moi, elle me dit d'une voix faible : Et votre fiancée?....

— Ma fiancée! c'était toi Minna! Ah, je le sens! c'était toi seule que j'aimais.....

— C'était moi!.moi! répéta-t-elle avec ravissement, et les roses de la joie reparurent sur ses joues; elle

courut se jeter dans les bras de son
père en s'écriant : C'était moi, mon
père!.... Dieu ! Cette voix qui me
murmurait dans mes rêves qu'il m'aimait, cette voix, que je croyais celle
de mon ange gardien, elle n'était
donc pas trompeuse! Mais où suis-
je? continua-t-elle avec une sorte
d'égarement; c'est un songe, n'est-
ce pas? Et elle passait ses mains sur
ses yeux comme pour s'éveiller. Oh !
si j'étais dans mon vallon solitaire,
sous l'ombrage de mon temple de
feuillage, je leur raconterais mon
bonheur; ils ont su mes vœux secrets,
mes douces rêveries. A présent les
voilà remplis. Je suis à lui! il est à

moi... Elle embrassait son père avec passion, puis elle se mit à pleurer ; elle était tout-à-fait hors d'elle-même. Un regard jeté sur l'homme qui lui était étranger la contraignit à se calmer. Qu'ai-je dit? demanda-t-elle avec anxiété, ai-je bien compris vos paroles, Steuerwald? Ne me suis-je pas trompée?

— Oui, cher ange! m'écriai-je, tu as bien compris mon cœur, le tien ; les volontés du ciel, qui veut que nous soyons heureux l'un par l'autre... O mon père! continuai-je en m'adressant à Reiche, muet de surprise et d'attendrissement ; accordez-moi ce bien précieux, et croyez que ma vie entière sera consacrée à vous remercier.

Pour toute réponse, le brave homme mit la main de sa fille dans la mienne, et nous conduisit tous deux devant le pasteur.

Minna tremblait pendant la cérémonie; elle prononça le *oui* solennel d'une voix émue, fit avec rapidité l'échange des anneaux, puis tomba à demi évanouie dans mes bras; mais ce malaise ne dura qu'une minute. La petite allocution que nous fit mon ami Geiger fut très-touchante; en l'écoutant Minna fléchit le genou, et courba sa jolie tête sous la main bénissante du pasteur. Quand

la cérémonie fut terminée, je relevai
ma jeune et charmante épouse, et
lui jurai dans mon cœur un amour
et une fidélité éternels. Des larmes
brillaient dans tous les yeux; nous
étions heureux: Deux heures après,
nous quittâmes Tœplitz, et nous arrivâmes trois jours après à Holzeck.
Ah! Siegmund, comment avais-je pu
chercher le bonheur loin d'elle!....
Ce fut près de cette charmante créature que je connus pour la première
fois l'amour, la vertu, la vérité, la
vie enfin.

J'écrivis à mon oncle; il approuva
ma conduite, et vint à Holzeck pour
s'assurer que ce qu'il regardait com-

me un sacrifice fait à l'honneur ne compromettait pas trop mon bonheur. Il vit Minna ; elle lui plut, et il l'adopta pour sa fille chérie : Vois-tu, me dit-il en me félicitant de mon choix, ici tu n'as pas eu besoin de devenir baron ; c'est toi, toi seul que l'on aime et non un vain titre. Dieu merci, à présent je puis mourir tranquille et dans l'état où je suis né.

Minna n'avait jamais fait la moindre allusion à l'évènement nocturne de notre passage à Tœplitz ; je me gardai bien moi-même de rappeler cet incident fatal à une femme dont l'extrême pudeur était le moindre ornement. Un jour, en cherchant quelque chose dans une malle où j'avais quelques effets de voyages, elle trouva ce médaillon que j'avais emporté avec moi lors de cette nuit remarquable. Qu'est-ce que ce bijou? me demanda-t-elle d'un air plein d'innocence.

Je la regardai fixement, surpris qu'elle pût me faire une telle question.

— Mais je pense que tu dois le connaître, répondis-je en souriant, il est à toi.

— A moi! reprit-elle, pensant que je le lui donnais, et à quoi cela sert-il? continua-t-elle en retournant le médaillon de tous côtés.

— Comment, est-ce que tu ne reconnais pas ce bijou pour t'avoir appartenu?

— Non, vraiment, dit-elle toujours de l'air le plus naturel.

Je repris le médaillon de ses mains, et l'attirant elle-même sur mes genoux, je lui dis avec une tendre émotion, causée par les souvenirs que me rappelait ce bijou :—Examine-le bien, Minna, et dis-moi s'il ne te rappelle aucun souvenir?

— Non, en vérité! répéta-t-elle; alors, en l'examinant de plus près, elle s'écria : Ah! voilà des cheveux blonds d'un côté.... et puis.... (Elle toucha un ressort, et le médaillon s'ouvrit). Regarde, continua-t-elle, voilà quelque chose écrit dans l'intérieur....

Sur une petite plaque d'ivoire étaient écrits ces mots :

« Des cheveux, un tendre souvenir, voilà tout ce qu'il me reste de toi, ô Julia ! »

Je lus, et je reconnus en frémissant l'écriture de Sidonie!....

— Ciel! tu pâlis, mon cher Steuerwald ! s'écria Minna avec un accent plein d'effroi. Qu'est-ce que ce bijou a donc de si terrible ?

— Puisqu'il ne t'appartient pas, répondis-je tout troublé, il appartient à une autre. Il est d'un travail pré-

cieux, et c'est quelque souvenir douloureux....

—Oh! sûrement, et bien cher pour
celui qui l'a perdu ; mais comment
se trouve-t-il dans tes effets ?

— C'est dans la nuit.... une nuit
bien extraordinaire! une nuit pleine
de trouble.

— Où donc? et quelle nuit?....

— Celle que nous avons passée aux
bains de Tœplitz, la nuit qui a pré-
cédé notre mariage, tu sais?... Tu
as dû aussi être troublée dans ton
sommeil.

— Moi! point du tout. J'étais dans
la chambre de mon bon père; il
était très-fatigué de la route, et s'é-

tait couché de bonne heure; je n
voulus pas le quitter que tu ne fus
ses de retour. Je m'appuyai sur l
pied de son lit, où je ne tardai pas
m'endormir profondément , et j
dormais encore quand on m'appor
ta ce billet qui me causa tant d'effroi

A mesure qu'elle parlait, je sen
tais ce glaive aigu qui naguère avai
pénétré mon cœur s'agiter de nou
veau dans la blessure.

—Sais-tu, dis-je d'une voix étouffée
par le remords, qui logeait près de
nous à Tœplitz?

— Il y avait dans le même corri
dor des dames de Greifenberg , et
l'une d'elles, jeune et belle comme

un ange, me parla en montant l'escalier qui y conduisait; c'est à elle sans doute ce bijou, car je me rappelle qu'elle avait un ruban noir passé au cou, et dont le bout était caché dans sa ceinture. Peut-être l'aura-t-elle perdu dans le corridor.

— C'est en effet là que je l'ai trouvé, et dans la précipitation de notre départ, j'ai oublié.... de m'informer à qui il appartenait.

O Siegmund! comprends-tu mon angoisse, c'était Sidonie!

STEUERWALD A SIEGMUND.

Continuation.

D'après tout ce qui précède, il ne
me restait d'autre parti à prendre
que de me séquestrer entièrement
du monde et de vivre caché à Holzeck; il m'était impossible de reparaître à Greifenberg; comment af-
fronter la présence de Sidonie? Mon
crime me bannissait de la société où
je pouvais la rencontrer; le seul sacrifice que je pusse faire à cette fille
infortunée était de fuir le monde; je
le lui fis sans regret. Hélas! était-ce
même une expiation que cette re-

traite si conforme à mes goûts et à
mon caractère? Ma vie s'écoulait
dans un cercle non interrompu de
jouissances intellectuelles, de joies
plus terrestres et non moins douces.
Au bout de neuf mois, Minna me
donna un fils; en pressant ce tendre
enfant sur mon cœur, je sentis ce
que c'était que le bonheur. Une année après, elle me donna une fille;
ces deux charmantes créatures, vi-
vantes images de leur mère, embel-
lirent notre douce retraite. Un seul
chagrin vint ternir la joie tranquille
qui animait nos cœurs; nous per-
dîmes notre père; le digne homme
s'endormit sans souffrance du som-

meil des justes, et sa mort, en res-
serrant encore le lien de nos cœurs,
n'eut d'autre effet que de nous rendre plus nécessaires, et plus chers
l'un à l'autre. Durant sept années,
je connus tout ce que la joie, l'a-
mour, la tendresse, ont de plus
doux..... J'avais oublié le passé; le
présent me berçait si doucement!...
Et l'avenir!... Ah! la cruelle rému-
nératrice, l'implacable Nemesis ne
m'avait point oublié, et j'avais un
crime à expier. . . . .

. . . .

J'ai été obligé d'interrompre mon
récit, pour laisser passer l'émotion
d'une douleur pour moi toujours

vive et toujours nouvelle...... Au
moment où je savourais tout
mon bonheur, Minna tomba malade. Ce ne fut d'abord qu'une
légère indisposition, et qui ne présentait l'apparence d'aucun danger;
mais intérieurement Minna se sentit frappée à mort. C'était au printemps; les arbres étaient en fleurs,
tout respirait autour d'elle l'amour
et la vie ; elle seule dépérissait lente-
ment sans qu'on pût dire où était
son mal. Un matin qu'appuyée sur
mon bras, elle avait désiré s'asseoir
sous l'ombrage des tilleuls, elle me
dit tout-à-coup : Steuerwald, c'est
ici où tu m'as trouvée endormie!

T'en souviens-tu? Et maintenant, continua-t-elle avec un léger frémissement de tout son corps, maintant s'il fallait te dire un éternel adieu....

En prononçant ces mots, sa voix s'affaiblit, sa tête se renversa sur mon sein, et la froide main de la mort saisit sa proie; ses lèvres étaient souriantes, ses blanches paupières levées vers le ciel, mais son regard était fixe, son sein immobile, et son cœur glacé pour jamais.

Le coup que je reçus fut écrasant. J'en perdis quelques temps la raison. Mon oncle accourut à Holzeck; il me trouva en proie au plus sombre

désespoir. Je passais les nuits et les
jours sur la tombe de celle que j'avais
tant aimée ; mon cœur était mort à
tout autre sentiment; la vue même
de mes enfants ne le ranimait point.
Mon oncle fit de vains efforts pour
me réconcilier avec la vie ; ne pou-
vant m'arracher à ce vallon, qui contenait tout ce qui m'était cher, espérant que livré sans contrainte à
ma douleur, elle s'userait plus vite,
il m'y laissa, et emmena mes enfants
avec lui à Greifenberg, où il avait
fixé sa demeure depuis qu'il avait
quitté les affaires.

Je passai là une année seul, sombre, égaré, ne parlant à personne,

fuyant la vue des hommes comme
s'ils eussent été mes ennemis, en un
mot ne prenant nul intérêt à la vie.
Mon oncle vint me voir, il essaya de
ranimer mon âme abattue, par tous
les moyens que lui suggérèrent sa
tendresse et son expérience; il me
parla de mes enfants; leurs noms
seuls agissaient sur moi, mais d'une
manière douloureuse. Dans un moment de calme, je le priai de se charger de tout ce qui concernait leur
éducation, et de permettre que j'al-
lasse chercher ma guérison, si je pouvais l'espérer, dans des contrées loin-
taines, où ni le ciel ni la langue ne me
rappelleraient rien de mon bonheur

passé : il y consentit. Je partis pour
l'Italie ; je visitai la Grèce, et passai
plusieurs années dans l'Orient. Dans
ces courses, je m'arrêtais partout où
je trouvais un vallon tranquille et
solitaire comme celui de ma Minna ;
mais ce fut en vain que j'y cherchai
le repos : aucune illusion ne put me
rendre les joies qui m'étaient ravies
sans retour. Pendant quelque temps,
les lettres de mon oncle me suivirent
et me rappelèrent avec force au sentiment de mes devoirs de père et de
citoyen ; mais, peu sensible à ces re-
proches, et trouvant même de la
dureté dans leur expression, je ces-
sai de lui répondre, et des années

s'écoulèrent dans cette espèce de
monomanie.

Le temps enfin émoussa la pointe
acérée du chagrin qui me dévorait ;
mes enfants commençaient à m'ap-
paraître dans mes rêves , et même à
m'occuper étant éveillé ; le désir
de les revoir s'accrut insensible-
ment dans mon âme : je revins en
Europe. La première nouvelle que
j'appris en entrant en Allemagne
fut la mort de mon oncle ; personne
ne savait où étaient mes enfants.
Mon oncle leur avait donné un tuteur, et ce dernier les avait emmenés
avec lui ; mais dans quelle partie de
l'Allemagne ? c'est ce qu'on ne put

me dire. Je me vis contraint d'aller
à Greifenberg ; ce n'était que là que
je pouvais obtenir des renseignements exacts. Le même motif qui
m'en avait tenu éloigné existait toujours ; mais je ne courais aucun
risque à faire ce voyage incognito.
Il y avait plus de vingt ans que je
n'avais été à Greifenberg ; mes chagrins, mes longs voyages, m'avaient
rendu méconnaissable : je m'y ren-
dis, bien résolu à ne me faire connaître que du pasteur ou du forestier, s'ils vivaient encore ; par un
hasard presque merveilleux, je rencontrai mon fils en route ; je sauvai
ma fille des mains d'un misérable,

et je la donnai pour épouse au fils
de mon plus cher ami, en même
temps que je donnais à mon Hermann une compagne digne de lui.

L'installation de mon fils dans le
bien que je lui cède m'a retenu jusqu'à présent à Greifenberg ; mais
que les lieux et les hommes y sont
changés ! Le baron a rejoint ses pè-
res dans le caveau de la chapelle;
son fils, le petit Ludwig, est maintenant le seul rejeton de cette noble
famille. La comtesse Sidonie!... ah!
ce nom me trouble encore, a refusé
constamment de se marier : elle porte
le ruban bleu et la croix de chanoi-
nesse... Elle vit toujours au château

près de sa belle-sœur ; sa tante la comtesse de Forbach est morte.

J'ai évité avec soin de rencontrer Sidonie ; son aspect ferait sur moi l'effet d'une apparition fantastique. Je ne puis rester dans son voisinage, je partirai au premier jour pour aller passer mes derniers jours près de ma fille : elle porte le nom, elle a les traits de sa mère, et je me sens entraîné vers elle avec un attrait irrésistible. Adieu, Siegmund, dans quelques jours je t'embrasserai.

———

Nous accusons le destin de tous nos maux, et cette prétendue desti-

née n'est souvent que la conséquence
nécessaire de nos actions. Non , ce
n'était point, comme on a coutume
de le dire, un *destin implacable* qui
avait incité un Steuerwald à venger
le crime d'un Greifenberg sur une
fille de cette maison. Dans cette nuit
fatale, Sidonie avait été la victime
d'un cœur trop présomptueux , et
dans lequel des passions nobles ,
mais violentes , tenaient la place des
humbles vertus de son sexe. Aussi
le lendemain, de quelle stupeur ne
fut-elle point frappée quand elle apprit à la fois le départ et le mariage
de Steuerwald ! elle faillit perdre la
raison. Toutefois la prudence et le

soin de son honneur lui firent une
loi de garder le silence sur l'exécra-
ble attentat dont elle était victime.
Son frère étant arrivé dans l'après-
midi, elle partit sur-le-champ pour
Hochleben, et alla pleurer dans les
bras de sa tante sa honte et son
malheur. Mais la mesure de ce malheur n'était point comblée, et il lui
restait encore des larmes plus amè-
res à verser ; la malheureuse Sidonie ne tarda point à acquérir une
funeste et terrible certitude... Dans
cette fâcheuse circonstance, la comtesse de Forbach se montra pour
elle la mère la plus tendre, l'amie
la plus dévouée. Pour dérober à

tous les yeux la connaissance de ce fatal secret, à l'approche du moment critique, elle prétexta un voyage dans le Tyrol, où elle avait des propriétés, et annonça l'intention d'aller de là en Italie. Elle partit et emmena sa nièce avec elle. Ce fut dans les sauvages montagnes d'Inspruck que la triste Sidonie donna le jour à un fils, et peu d'heures après sa naissance elle s'en sépara pour jamais. Sa tante avait exigé d'elle ce sacrifice. Par ses soins, l'enfant fut confié à la femme d'un employé des forêts impériales, pour être élevé avec sa jeune famille, jusqu'à ce que la comtesse en disposât autre-

ment ; car cette dernière s'était ré-
servé entièrement tout ce qui concernait le petit infortuné. Au surplus, Sidonie n'y mit aucun obstacle ; elle ne s'informa même point
de ce qu'était devenu son fils. Depuis son malheur, elle était tombée
dans un état de marasme qui la rendait comme insensible à tout ce qui
se passait autour d'elle. La comtesse,
voyant avec inquiétude le dépérisse-
ment progressif de sa santé, la conduisit alors en Italie, espérant qu'un
autre c el, d'autres mœurs, exerce-
raient une heureuse influence sur
la santé de Sidonie et dissiperaient
l'accablement de son esprit. En ef-

fet, peu à peu cette fleur brisée par
l'orage releva la tête aux rayons d'un
soleil plus doux; la pointe de sa
douleur s'émoussa, et l'orgueil de
son caractère, qui avait causé son
malheur, fut ce qui contribua le
plus puissamment à la guérir : elle
éprouvait alors pour l'auteur de sa
misère autant de haine qu'elle avait
ressenti d'amour; l'idée surtout que
Steuerwald, dans ce qu'elle regardait comme une atroce vengeance,
avait voulu l'humilier, ranima sa
fierté naturelle, et lui fit retrouver
ce courage moral dont elle avait été
pendant si long-temps dépouillée.

Ce fut dans ces dispositions qu'elle

rentra dans son pays, après trois ans
d'absence. Sa famille la revit avec
joie. Le goût des arts, qu'elle rapportait de son séjour en Italie, donna
une vie nouvelle à l'antique Greifenberg; les relations qu'elle avait con-
tractées dans ses voyages, et qui
attiraient au château les hommes
célèbres et les étrangers qui traver-
saient l'Allemagne, flattaient l'orgueil de sa famille. On s'accoutuma
bientôt à regarder Sidonie comme
une autorité en toute chose; cette influence lui donnait sur ses entours
un doux empire; parfois, le plaisir
de régner sur le cercle nombreux
d'amateurs, de savants, de gens de

lettres que sa réputation rassem-
blait autour d'elle, étouffait dans
son âme le sentiment de son
malheur; parfois aussi, le souvenir
de son fils venait à l'improviste frap-
per cette âme hautaine. Soigneuse
d'écarter de sa pensée tout ce qui
pouvait lui rappeler ce funeste évènement, elle avait abandonné à sa
tante l'entière direction du sort de
l'infortuné ; mais plus tard, quand
la voix de l'amour maternel, ce sentiment qui ne meurt jamais dans le
cœur d'une femme, vint éveiller sa
conscience endormie ; quand, surtout, une maladie soudaine frappa
loin d'elle sa tante, seule dépositaire

de son douloureux secret, et que la mort, trop prompte, ne lui permit pas d'en obtenir les renseignements nécessaires, alors cette voix monitrice du plus saint des devoirs fit sentir à son âme un véritable remords. Unique héritière de la comtesse, elle espéra d'abord trouver dans ses papiers quelques documents propres à la tranquilliser : hélas! le désir qu'elle avait témoigné d'anéantir toutes les traces de ce fatal évènement n'avait été que trop bien rempli. Sidonie ne trouva que la preuve touchante de la tendre sollicitude de la comtesse pour le jeune infortuné confié à ses soins; c'est-à-

dire, que le registre de la comtesse
portait l'emploi de plusieurs sommes
considérables sans autre désignation
que ces mots : *pour l'orphelin.* Ces
mots arrachèrent des larmes à la
coupable et malheureuse mère. Toutefois, quand elle vit que toutes ses
recherches n'aboutissaient qu'à lui
donner la certitude que les précautions prises par sa tante séparaient
d'elle son fils à jamais, et qu'il fallait renoncer à toute espérance, une
joie étrange, odieuse même, s'empara de ce cœur d'où elle avait banni
tout sentiment tendre. Pour la première fois, elle se sentit affranchie
du joug honteux que son malheur

faisait peser sur elle depuis tant d'années ; de ce moment, elle releva sa tête altière et se sentit de nouveau tout l'orgueil d'une Greifenberg. Elle abjura l'amour, comme une faiblesse indigne d'un grand cœur, renonça au mariage, et résolut de vivre des seules jouissances que donnent dans le monde la beauté, la naissance, la fortune et la réputation sans tache que, grâces à sa tante, elle avait conservée malgré ses relations avec Steuerwald.

Mais ce secret, qu'il importait tant à la fière demoiselle de cacher, n'était point déposé tout entier dans la tombe ; un papier cacheté le contenait, et ce papier avait été remis par la comtesse en mains sûres.

Quelque temps après son retour en Allemagne, la comtesse, qui aimait à faire de fréquents voyages, alla chercher le petit Robert (c'était le nom que portait le fils de Sidonie) chez les braves gens qui l'avaient élevé; elle le conduisit à B..., dans une institution assez célèbre. Le chef de cet établissement avait un aspect si vénérable que la comtesse n'eut pas de peine à lui accorder de sa confiance tout ce qu'elle pouvait sans révéler le secret de Sidonie. Elle lui présenta le petit Robert, qui avait alors cinq ans, comme un enfant haï

par une injuste marâtre; ajoutant que
cette haine était si forte, qu'on crai-
gnait pour la vie de cet infortuné, et
que les parents de sa mère avaient résolu de le soustraire à sa domination,
et de le tenir caché jusqu'à ce qu'il eût
atteint sa majorité, attendu que son
père était si faible qu'il n'aurait peut-
être pas le pouvoir de le défendre
contre de mauvais traitements. Elle
proposa à M. Bauer (c'était le nom de
l'instituteur) de s'en charger, et de
lui tenir lieu de père jusqu'à l'époque
de sa majorité, et lui remit en conséquence un paquet cacheté contenant tout ce qu'il importait que l'enfant apprît, quand il aurait atteint

cet âge, sur sa famille et ses rap-
ports avec elle. La comtesse y joi-
·gnit le titre d'un capital dont la
rente devait servir à l'entretien du
jeune homme : ce capital était placé
dans les fonds publics sous le nom
de Robert Forster, et les coupons de
la rente annuelle étaient joints au
titre, afin qu'il n'y eût d'autre for-
malité à remplir pour en recevoir le
montant que de les envoyer à la caisse
du gouvernement.

L'instituteur, touché du malheur
de cet intéressant enfant, entra dans
les vues de la comtesse, et promit de
servir de père au jeune Robert; en
prenant cet engagement, l'honnête

Bauer y donnait un sens plus étendu
encore que n'eût osé l'espérer la
comtesse , qui pourtant ne s'était
adressée à lui que sur la haute réputation de probité dont il jouissait.

Le petit Robert, admis dans cette
maison, se trouva entouré d'une
vingtaine d'enfants de bonne famille,
dont la plupart étaient presque de
son âge, et parmi lesquels il ne régnait d'autre distinction que celles
qu'établissent la force et l'intelli-
gence. Mais il jouit d'un avantage
précieux encore, ce fut d'être, en
considération de son jeune âge, remis aux soins particuliers de madame Bauer, et de faire ainsi partie de

sa famille, qui se composait, outre le
mari et la femme, de deux petites
filles, dont l'une était un peu moins
âgée que Robert. Il manquait aux
uns et aux autres un fils, un frère;
Robert en tint lieu, et au bout d'un
mois, la douceur de son caractère
et la bonté de son cœur lui gagnè-
rent l'affection de ses parents adoptifs.

Pendant long-temps, l'enfant, heureux dans sa nouvelle famille, ne
s'inquiéta point s'il en existait d'autre pour lui sur la terre, que celle
dont il éprouvait chaque jour la
tendresse et les bienfaits. On l'appelait Forster; peu de chose de son

histoire lui était connu : il savait
seulement qu'il avait été élevé en
Tyrol, par une brave femme qui
n'était point sa mère, quoiqu'il lui
en donnât le nom ; qu'il était orphelin, et quand il faisait quelques
questions sur ce qu'étaient ses parents, sa famille, M. Bauer avait toujours quelque réponse plausible qui
tranquillisait sa jeune curiosité.

M. Bauer était un savant dans toute l'étendue du mot ; il connaissait
peu le monde, et vivait habituelle-
ment dans la société des héros de la
Grèce et de Rome ; société chère et
vénérable, et qu'il ne quittait guère
que pour aller, au printemps, passer

quelques jours à la campagne avec
ses élèves, et faire de temps en temps
une promenade en famille. Il avait
conçu un tendre attachement pour
le jeune Robert, et il se livrait avec
un zèle tout particulier à son éducation. Élevé par un homme bon,
loyal et pieux, vivant dans un cercle
assez rétréci, Robert se créa un
monde plein de rêveries enfantines,
d'illusions douces et innocentes qui
rendirent pour lui l'existence pleine
de charmes.

Les filles de l'instituteur étaient
de son âge, et le jeune garçon, après
avoir exercé ses forces dans les jeux
bruyants de ses camarades, ou élevé

sa pensée par l'étude des beaux exem-
ples de l'antiquité qui lui étaient in-
diqués par son vénérable maître, re-
venait auprès de ses jeunes èt douces compagnes, goûter les joies tranquilles de l'amitié. Ce genre de vie
était de nature à développer les fa-
cultés méditatives dont son âme était
douée ; aussi dans ses rêveries , il
peuplait le monde qu'il habiterait
un jour, des brillantes figures des
héros antiques ; mais s'il bâtissait
pour chaque vertu héroïque un arc
de triomphe, il élevait aussi des ca-
banes ombragées d'arbres en fleurs,
pour ses jeunes compagnes, car dans
sa pensée il ne séparait point ces der-

nières de ses plans de bonheur

Les années s'écoulèrent sans ap-
porter de changement à cette existence rêveuse et passionnée, et Robert touchait presque à l'âge d'un
jeune homme, qu'il était encore un
enfant heureux et paisible. En effet,
que pouvait-il souhaiter qu'il ne
possédât dans son intérieur?... S'il y
avait des vœux silencieux dans son
âme, il ne les comprenait point encore; le désir, qui en songe lui faisait tantôt combattre des monstres
ou des géants, et tantôt le faisait jouer
avec des fleurs dans une prairie, au
milieu d'une troupe de jeunes filles,
ce vague désir, c'était bien de la gloire

de la renommée, avec de l'amour
dans le lointain; mais la perspective
la plus éloignée ne lui montrait au
bout de tout cela que la maison
de son père adoptif, la salle d'étude,
la bibliothèque, le petit sallon où il
jouait avec ses sœurs, et le vallon entouré de bois où il allait quelquefois
rêvant tout seul, contempler les nuages, le coucher du soleil, ou épier
l'apparition de la première étoile du
soir.

Ce fut ainsi qu'il atteignit l'âge de
dix-huit ans, époque fixée par la
comtesse pour son émancipation, et
où les papiers contenant le secret de
sa naissance devaient lui être remis.

Ce jour, que le digne instituteur
voyait arriver avec une émotion pénible , fut un jour de tristesse pour
toute la petite famille.

— Mon cher Robert , dit le vieillard d'une voix fort émue, tu as aujourd'hui dix-huit ans. Il y en a près
de treize que tu as été remis entre
mes mains ; et la personne qui t'a confié à mes soins, ne m'a fait qu'une
révélation fort obscure de ton origine ; mais d'après les manières élégantes de cette dame, je dois croire
que tu sors de parents distingués. Au
surplus, mon cher fils, quel que soit
le rang auquel ces papiers te donnent
droit , souviens-toi que tu ne peux

devenir rien de meilleur que ce que
j'ai fait de toi; c'est-à-dire un bon,
un noble et vertueux jeune homme.
Il lui raconta alors en détail la manière dont la dame étrangère l'avait
amené, l'entretien qu'il avait eu avec
elle, enfin tout ce qu'elle lui avait
dit sur son éducation. Il lui remit le
paquet, dont les cachets étaient in-
tacts, en l'engageant à prendre connaissance du contenu.

— Toutefois, mon fils, continua ce
brave homme, si le secret renfermé
sous cette fragile enveloppe était de
nature à n'être point révélé sans in-
convénient, ne te fais point une obli-
gation de le confier à ton père adop-

tif ; la prudence de ton esprit, la ma-
turité de ton jugement, te donnent,
malgré ton âge, le droit de garder
un secret : cette vertu rendit recom-
mandable, tu le sais, le jeune Télémaque, le fils du prudent Ulysse....
Dans ce moment, la mère et les
jeunes filles, attendries, s'appro-
chèrent de Robert, qui, frappé de
stupeur, restait là immobile, ses papiers à la main. Elles l'embrassèrent
avec larmes, l'appelant des doux
noms de fils et de frère bien aimé,
afin d'adoucir l'amertume que ce
moment semblait avoir jeté dans
l'âme du jeune homme. En effet, il
était dans l'état d'un voyageur qui,

parcourant sans défiance une contrée
qui lui est familière, apercevrait
tout à coup un abîme creusé sous
ses pas. Robert n'avait jamais pensé
à sa naissance, et encore moins qu'il
pût cesser un jour d'être le fils de
ceux qu'il avait chéris jusqu'alors
comme les parents les plus tendres.
Il se dégagea doucement des bras
qui le retenaient, jeta les yeux vers
le ciel, et sans dire un seul mot sortit de la chambre et même de la maison. Ses sœurs, éplorées, le regardè-
rent aller. La plus jeune, la douce
Marie, le suivit de loin ; mais quand
elle le vit prendre le chemin de la
petite vallée où il aimait à se prome-

ner, elle rentra, parce qu'elle pensa qu'il ne fallait pas le troubler dans ses réfléxions.

—Je crains, mon ami, dit la mère, que ce ne soit là une lettre comme celle que David envoya à Urie!...

— Ou plutôt comme celle que Bellérophon reçut du roi d'Argos, répondit le savant, quoique plusieurs auteurs aient pensé, chère amie, que ce ne fut point du tout une lettre, attendu qu'à cette époque les messages se faisaient de bouche, et non point par écrit.

— Pourvu! dit Marie en frissonnant, que ce ne soit pas comme la croix que vous faites dans votre livre de famille, sous le nom d'un de vos amis!...

— Le ciel nous en préserve! s'écria l'instituteur.

Tandis que ses amis se livraient à ces tristes prévisions, Robert, assis sur une pierre, dans son vallon favori, délibérait en lui-même s'il ne ferait pas mieux de reporter ce paquet à son instituteur, et de le prier d'en disposer dans sa sagesse. Alors, se disait-il tout bas, je ne connaîtrais point d'autre famille que celle que j'ai été accoutumé à aimer; je resterais le fils de ces braves gens, le frère de Marie..... Pourquoi renoncer à ces liens si doux? pour-

quoi m'imposer de nouveaux devoirs?..... Ce dernier mot éveilla
une idée nouvelle dans son âme......
Et pourquoi, se demanda-t-il, vou-
drais-je donc me soustraire à aucun
de ceux qui me sont départis?.....
Que dis-je? si un père, chagrin ou
malheureux, avait besoin de conso-
lation ou de secours?...

Il brisa le cachet; sous la première enveloppe étaient écrits ces
mots :

« Mon cher Robert, si tu te
» trouves heureux, jette au feu ces
» papiers sans les lire... »

Ces deux lignes, loin d'éteindre
sa curiosité, lui inspirèrent le plus

violent désir de poursuivre. — Oui !
dit-il résolu, dût-il m'en coûter le
bonheur de ma vie, je lirai tout !...

« Si tu es déterminé à poursuivre,
» continuait le billet, promets par
» tout ce qui t'est sacré de garder re-
» ligieusement le secret sur tout ce
» que ces papiers renferment.... »

— Je le jure ! s'écria-t-il en levant
une main vers le ciel comme pour
le prendre à témoin de son serment ;
et il déchira la seconde enveloppe :

« Conrad Steuerwald, neveu du
» président Steuerwald, principauté
» d'A***, est ton père ; Sidonie de
» Greifenberg est ta mère. Destinés
» d'abord à s'appartenir, un sort fa-

» tal les sépara ; tous deux sont in-
» nocents. »

Suivait ensuite le détail des évène-
ments auxquels Robert devait le jour.
A ce récit étaient jointes les lettres
de Sidonie, qui en rendaient l'intel-
ligence plus complète ; et, en le ter-
minant, la comtesse de Forbach con-
jurait le jeune homme de prendre
toutes les précautions nécessaires
pour conserver l'honneur de sa mère, qui, du reste, le croyait mort,
et le repos de son père, qui ignorait
jusqu'à son existence.

— Ainsi donc, je n'appartiens à
personne ! s'écria le jeune homme
avec une profonde amertume, et en

portant vers le ciel son regard découragé. Ainsi, je suis seul au monde!...
Mort pour ma mère,... inconnu à mon père, à charge à ma famille, et peut-être serais-je de tous haï autant que redouté si je venais à reparaître.....

Cette dernière pensée fut très-douloureuse pour l'âme tendre du jeune homme, et elle attira des larmes dans ses yeux. Cependant, quand cette émotion pénible fut un peu apaisée, son caractère pensif et rêveur reprit sa pente accoutumée ; son âme calme et pure s'éleva au-dessus de sa destinée ; il finit même par n'être pas trop malheureux de

cet isolement, qui lui permettait de
se livrer à ses goûts studieux ; il lui
semblait voir se réaliser une de ces rêveries qui avaient si souvent charmé
son imagination, et dans lesquelles
il parcourait toute la terre, suivant
pas à pas le cours du soleil de l'orient à
l'occident, seul, isolé, et uniquement
occupé à contempler les nombreux
habitants du globe. Auparavant, il
n'aurait jamais pu se décider à en-
treprendre de si lointains voyages ;
mais aujourd'hui qu'il ne tenait à
personne, il pouvait partir et aller
aussi loin que bon lui semblerait ;
c'était même pour qu'il pût vivre
de cette vie errante, que la destinée

l'avait fait sans liens, sans obligations dans le monde... Et qui peut
résister à sa destinée?... Cependant
la pensée de quitter ses parents
adoptifs, qui avaient pris de sa jeunesse un soin si tendre, ses sœurs
chéries, sa petite Marie surtout,
combattait un peu son projet.
Bah! je ne leur suis point utile,
et ils peuvent se passer de moi, se
dit-il le cœur un peu gonflé, en dé-
pit de son stoïcisme, mais au surplus je ne les oublierai pas, continua-t-il en plaçant ses papiers dans
un portefeuille en ruban tressé
que Marie lui avait donné pour sa
fête. Chère Marie! ajouta-t-il avec

émotion, non, quoi qu'il arrive, je
ne t'oublierai jamais.

A ces mots, il reprit le chemin de
la maison, déterminé à parcourir
le monde comme Télémaque, pour
chercher son père.

Lorsqu'il entra dans l'appartement, tous les regards se tournèrent
vers lui, mais personne ne lui fit de
questions ; il était lui-même embar-
rassé d'annoncer son projet, et il fut
heureux que la discrétion de ses
amis lui permît de reculer le moment où il serait obligé de leur dire
qu'il était déterminé à les quitter.
Marie seule, l'ayant appelé dans le jardin pour l'aider à arroser des jacin-

thes, lui dit : — Robert, que te dit
cette fatale lettre ?

— Des choses tristes, chère Marie, mais mon cœur a répondu que,
dans quelque lieu que se portent
mes pas, il ne t'oubliera jamais, ni
toi ni les tiens...

— Comment oublier ? comment ?
Où vas-tu donc, Robert, demanda
la jeune fille, toute tremblante, tandis que ses larmes coulaient plus
abondamment que les gouttes de
l'arrosoir sur les fleurs printanières.

— Chère Marie, reprit le jeune
homme, ému ; tu as un père, une
mère ; je veux chercher les miens.

— Et puis tu reviendras ? demanda-t-elle avec inquiétude.

III.   8

— Je ne sais,... mais je l'espère...

Alors la jeune fille n'en écouta pas davantage, et toute en pleurs courut dire à son père, que Robert allait partir, qu'il les quittait pour aller voir ses parents, et que peut-être il ne reviendrait plus....

— Et quand cela serait, ma fille, dit le vieillard en affectant plus de fermeté qu'il n'en avait réellement, si son devoir lui ordonne de nous quitter, ce n'est pas à nous à le retenir. Mais je dis comme lui, en quelque lieu qu'il soit, je suis sûr qu'il ne nous oubliera point.

Robert fit donc dès le lendemain les préparatifs de son voyage. Tout en

pleurant, Marie l'aida dans ce soin;
elle lui donna un chien qu'elle aimait beaucoup, et le conjura de se
munir d'une arme pour se défendre
contre les mauvaises rencontres.

Le moment du départ arriva, Robert reçut les bénédictions de celui
qui lui avait tenu lieu de père, les
tendres et douloureux adieux de sa
mère, de ses sœurs adoptives. — Sois
heureux Robert! lui criaient-elles,
sois heureux! et ne nous oublie
pas!....

Marie s'approcha de lui et dit tout
bas : — Ah! je ne t'aurais pas quitté
ainsi, moi!... et ses bras entouraient
le cou de Robert, et ses lèvres trem-

blantes s'approchaient des lèvres du
jeune homme; s'il avait pressenti la
douleur attachée à une telle séparation, il ne serait point parti.

Quand il eut quitté la maison, le
père recourut à ses livres pour y
chercher des consolations. La mère
et ses filles adressèrent de ferventes
prières au ciel pour le bonheur du
voyageur; mais le vide qu'il avait
laissé dans leur petit cercle fut long-
temps à se combler; Marie, surtout,
sentait son chagrin s'accroître chaque jour, au lieu de diminuer; à
table, au salon, dans le jardin, partout elle regrettait Robert : elle rappelait à sa mémoire tout ce qu'il

avait de bon et d'aimable ; et inces-
samment sa douce voix répétait : —
Ah ! Robert ! que le ciel te conduise !
que les anges te portent sur leurs ai-
les, à travers les terrains et les précipi-
ces des contrées inconnues que ton
pied téméraire va parcourir !.....
Puissent-ils écarter de toi toute espèce de danger ! Ah ! mon frère !
puissent mes prières, mes vœux
ardents, mes soupirs être enten-
dus, ton absence serait courte, ton
retour prompt, et ton voyage heureux !...

Cependant l'objet de si tendres
regrets continuait sa course avec
courage ; l'on pouvait qualifier ainsi

la résolution qu'il avait prise de lui-même, de s'arracher aux liens de fleurs dont il était entouré, à ce beau vallon rempli de ses plus chères rêveries, pour aller chercher dans un monde inconnu un père qui l'ignorait, et une mère qui l'avait rejeté. Au sortir de la ville, il s'arrêta sur une hauteur, d'où il pouvait encore apercevoir la maison où il avait vécu si heureux ; il tira son portefeuille pour relire encore une fois l'histoire mélancolique de ses parents.

« En cas de nécessité, disait le ma- » nuscrit, tu pourras te découvrir à » ton père ; mais évite, s'il est possi-

» ble, d'en venir là, de peur de com-
» promettre la réputation de ta mal-
» heureuse mère : ton père est un
» homme d'un caractère noble et
» élevé, tu dois être fier de lui ap-
» partenir, et une telle origine t'im-
» pose de grandes obligations. Hélas !
» pourquoi, enfant infortuné, ne t'est-
» il pas permis de te dire hautement
» son fils !... »

Ces paroles remplirent le cœur de
Robert de plus nobles résolutions ;
la voix de son père était comme le
son éclatant du clairon, appelant les
héros dans la carrière des belles actions ; il se leva rapidement, son regard animé se porta en avant vers les

extrémités bleuâtres de l'horizon; il
retira sa pesante gibecière, que Marie aurait voulu rendre tout à la fois
légère et bien pourvue de tout ce
dont il pouvait avoir besoin en route : il caressa le chien qu'elle lui
avait donné, lut avec attendrisse-
ment les mots : *Stum aber treu*[1] *!* qu'elle
avait fait graver sur son collier, par
allusion à sa fidélité, et descendit
gaîment la hauteur, pour prendre
la route de la Saxe ; car son intention était de se rendre d'abord à
Greifenberg ; il espérait trouver là
quelques renseignements sur le sort

---

[1] Muet, mais fidèle.

de son père, dont ses papiers ne par-
laient nullement, ben déterminé à
garder son secret, il voulait voir sa mère, se rapprocher de ses parents, et,
sans se faire connaître, errer autour
d'eux comme leur ange tutélaire,
vivre uniquement pour les protéger,
les secourir au besoin : en un mot,
leur consacrer sa vie. Plein de ces
rêves touchants et généreux, il arriva
à Greifenberg, se logea dans la petite
auberge du village, et cinq minutes s'é-
taient à peine écoulées, que les noms
de Sidonie et de Steuerwald frappè-
rent son oreille ; mais son cœur se
serra douloureusement en entendant
dire que depuis près de dix ans on n'a-

vait point de nouvelles de ce dernier, parti pour un grand voyage,
après la mort de sa femme : on sup-
posait qu'il avait péri sur mer, ou
dans quelques contrées éloignées.

Le même jour, Robert, en rôdant
autour du château, dans l'espoir d'a-
percevoir sa mère, la vit en effet au
moment où elle allait à la promenade; elle était dans une calèche dé-
couverte, entourée d'un nombreux
domestique. Mais le galop du bel at-
telage était si rapide qu'à peine put-
il entrevoir les traits de Sidonie. Le
jour d'après, il l'aperçut dans ce lieu
consacré de son nom, et qui était
connu dans le pays sous celui de

Sidonins-Ruhe[1]; elle chantait une ro-
mance dans une langue étrangère,
en s'accompagnant de la guitare.
Oh! s'il avait pu seulement baiser le
bord de sa riche robe de soie! attirer sur lui ce regard, plein de passion encore, qu'elle élevait de temps
en temps vers le ciel, il eût été heureux! Bientôt elle se leva, et reprit
à pas lents le chemin du château.
Robert courut se placer sur sa route,
mais elle passa devant lui fièrement
et sans daigner jeter les yeux sur
l'obscur jeune homme qui épiait son
regard. En la voyant aller, Robert
sentit son cœur se briser; il fut obligé

[1] Le repos de Sidonie.

de s'appuyer contre un arbre, tant
son émotion était violente : — O ma
mère ! ma mère ! dit-il à demi-voix,
votre cœur est-il donc mort à tous
souvenirs ?...

Le lendemain, il fut plus heureux
dans ses excursions autour de la maison de son père ; Helmine, la fille de
Steuerwald, l'habitait sous la sur-
veillance d'un tuteur nommé par son
oncle le président de Steuerwald.
En se promenant, Robert se trouva
sans le savoir dans ces délicieux jar-
dins, qui, n'étant point enclos de
murs, se confondaient avec les
champs et la forêt voisine : ce fut là
qu'il rencontra Helmine. Elle avait
alors environ quatorze ans. La jeune

fille fut d'abord un peu effrayée en
se trouvant tout à coup en face d'un
jeune homme; mais l'air triste et
doux de Robert, ses manières po-
lies, bannirent en elle toute crainte.
Robert, après l'avoir saluée, lui demanda à qui appartenait cette charmante demeure. La jeune fille lui
raconta avec une ingénuité enfantine
tout ce qu'elle savait de ses parents;
elle donna ensuite un bouquet de
roses à l'étranger, puis elle prit congé
de lui à la hâte, parce qu'elle entendait la voix du tuteur, et il fallait
qu'elle rentrât à la maison.

Robert n'avait plus rien à faire à
Greifenberg; aucun de ses pressen-

timents ne s'était réalisé. Il n'a-
vait plus qu'à tenter de faire la même
expérience sur son père, s'il avait
toutefois le bonheur de le rencontrer. Il voulait se rendre en Italie ;
car Helmine lui avait dit que c'était
de Rome qu'était datée la dernière
lettre qu'on eût reçue de lui.

Il quitta donc ces lieux avec une
profonde tristesse, arrosant de ses
larmes le bouquet de roses que sa
sœur lui avait donné ; il s'en alla
dans ce monde, qui lui sembla encore plus triste et plus désert que
jamais. Mais en quittant Greifenberg,
il se promit d'y revenir tous les ans
au jour anniversaire de sa naissance,

pour revoir sa mère et la contrée que son père avait habitée.

Il partit sur-le-champ pour l'Italie. Ce n'étaient point les brillantes descriptions que les voyageurs font de cette belle contrée qui attiraient Robert; il ne connaissait que Rome antique : Rome moderne, avec ses chefs-d'œuvre, immortelles productions du génie des Michel-Ange, des Raphaël, la musique, les théâtres, et tout ce luxe que répand dans son sein l'immense concours des étrangers qui la visitent, rien de tout cela ne lui était connu; l'espoir de retrouver les traces de son père seul conduisait ses pas, et si le souvenir

de Tite-Live et de Denys d'Halicar-
nasse éveillait dans l'âme du studieux jeune homme quelque désir,
c'était celui de saluer le Capitole,
de boire des eaux du Tibre, et de
contempler la ville des Césars du
haut du Janicule. Avant de quitter
D..., il écrivit à son instituteur pour
qu'il lui envoyât les fonds nécessaires à son voyage. Une lettre de Marie
se trouva jointe aux traites que
M. Bauer lui envoya sur l'Italie. La
jeune fille était inconsolable : « Où
» veux-tu aller, Robert? lui disait-elle;
» te faudra-t-il donc traverser les Alpes,
» ces effroyables montagnes dont la
» cime se cache dans les nuages, où

» des masses de neiges engloutissent le
» voyageur téméraire? Ne te souvient-
» il plus des travaux excessifs qu'il en
» a coûté au vaillant Annibal pour les
» franchir? Et pourtant c'était un hé-
» ros, à ce que dit mon père. Où vas-
» tu, mon frère? Crois-tu trouver
» dans ces pays éloignés des êtres qui
» t'aiment mieux que nous? Ah!
» Robert, mon cœur se brise en pen-
» sant à toi, aux dangers que tu cours,
» et surtout à l'incertitude de ton re-
» tour?... »

Ces tendres inquiétudes, en touchant le cœur de Robert, ne firent
pourtant que rendre plus vif en lui
le désir de suivre les traces d'Anni-

bal et de surmonter les obstacles que
ce héros avait jadis vaincus. A dire
vrai, lui-même, en commençant ce
voyage, avait cru faire une de ces
entreprises audacieuses qui rendent
les héros fameux; mais quand il vit
partout au milieu des plus âpres
montagnes des hommes officieux et
et polis, des servantes empressées,
des auberges pourvues de tout ce
qui était nécessaire aux besoins et
à la commodité des voyageurs,
lorsqu'il trouva une foule d'Anglais,
d'Allemands, de Français établis par
goût dans ces Alpes formidables, il
eut honte de sa présomption enfantine, et l'adolescent devint un

homme au milieu de ceux avec lesquels il parcourait ces contrées.

Arrivé en Italie, un jeune peintre
allemand et un Anglais, qui faisaient
ainsi que lui le voyage à pied, le
rendirent attentif aux monuments
des arts dont cette contrée est couverte. Robert, comme on sait, était
à cet égard d'une grande ignorance,
mais il se mit alors à relire ses auteurs, entre autres Pausanias, avec
assiduité, et il devint à son tour le
guide éclairé de ses deux compa-
gnons. Une raison pure, un sentiment intime du beau et de la vérité
garantirent son jugement de cet enthousiasme de convention, si ridi-

cule dans les amateurs, et le rendirent propre à goûter le charme atta-
ché à l'étude des beaux-arts. En même
temps, cette liaison avec deux hommes instruits, aimables et polis,
tels que l'étaient ses deux compa-
gnons de voyage, acheva de donner à
ses manières l'usage du monde, qui lui
manquait, et que sa vie studieuse
ne lui avait pas permis d'acquérir.
Les lettres de recommandation que
lui avait envoyées son instituteur lui
ouvrirent à Rome l'entrée de plusieurs cercles où se réunissait la
meilleure société. Le jeune homme,
avec ses mœurs simples et son esprit exempt de préjugés, n'y fut

point déplacé. En peu de mois, il se fit en lui un grand changement. Il n'avait conservé de son extrême timidité que cette aimable réserve qui sied si bien à un très-jeune homme; son esprit s'était éclairé par le commerce des hommes; son âme s'était agrandie, il jugeait de plus haut les hommes et les choses; la terre, dont l'étendue lui avait presque fait peur, était maintenant à lui; la vie, l'existence lui étaient soumises. Il se sentait le courage de commander aux autres et à sa propre destinée.

Il peignait avec une vive énergie ce nouvel état de son âme à son digne

instituteur; mais Marie, en entendant lire ces lettres, qui remplis-
saient de joie et d'orgueil le cœur
de son père, la douce et craintive
Marie secouait la tête avec inquiétude; elle trouvait le style de Robert
si changé! Et elle ne savait si elle
devait s'en réjouir ou s'en affliger.
En s'adressant à elle, son frère bien-
aimé n'était pas moins tendre; mais
il y avait dans ses pensées une profondeur, dans ses expressions une
énergie, qui jetaient du trouble
dans l'âme de la simple Marie; il lui
semblait que Robert avait tout à coup
grandi de dix pieds, et qu'elle ne le
reconnaîtrait plus, ou plutôt qu'il

ne reconnaîtrait plus la petite, l'i-
gnorante Marie, dont toute la science
se bornait à si peu de chose.... Elle
ne savait pas avec quelle touchante
émotion Robert avait lu sa dernière
lettre, dans laquelle Marie lui racon-
tait la mort d'un oiseau qu'elle élevait; lui parlait du chevrefeuille qu'ils
avaient planté ensemble , et qui,
malgré l'hiver, continuait à fleurir.
Si elle l'eût vu alors replier cette
lettre avec soin , et la placer sur son
cœur, en disant à voix basse et attendrie : Chère Marie ! mots qui disaient seuls toute sa pensée , elle
n'eût point versé si souvent ces larmes secrètes dont la trace inquiétait
quelquefois sa mère !

En effet, Robert voyant le présent
sous un aspect tout différent qu'au-
trefois; mais le passé avait conservé
dans son souvenir tout le charme
poétique que lui donne la jeunesse,
l'innocence et l'amour; plus il vivait
dans le monde, et plus il appréciait
la simplicité, l'élévation d'âme et
les nobles sentiments de sa famille
d'adoption. Quand il comparait la
demeure de son vénérable instituteur, où par les soins des femmes
régnaient l'ordre, l'abondance et la
paix, avec l'intérieur des Italiens,
tout à la fois pauvres et fastueux,
où les femmes n'ont nul pouvoir,
où leur dignité est souvent si mé-

connue, qu'un étranger, *il Abbate*, a
la direction des affaires domesti-
ques. Tout le rappelait donc dans
cette modeste retraite Il se disait
que là où habitait la vertu, devait
aussi habiter le bonheur. Ses recherches pour retrouver les traces de son
père, à Rome, à Naples, et dans
toute l'Italie, avaient été vaines ; à
Naples, seulement, il avait trouvé
chez un banquier, le nom de Steuerwald, porté sur les registres d'es-
compte, mais on n'avait pu lui dire
si l'individu qui portait ce nom,
était retourné en Allemagne, ou s'il
ne s'était pas embarqué pour Alexan-
drie, en Égypte, sur un bâtiment

qui n'était point rentré à Naples,
quoiqu'il y eût à peu près dix ans
de cette époque.

Robert alors s'embarqua pour
Trieste, afin de faire le tour extérieur de l'Italie, et revint dans sa patrie au commencement du printemps.
Son retour combla de joie ses parents adoptifs; sa mère ne pouvait
se lasser de vanter sa belle taille, sa
figure, son air de santé; le vieux
père l'écoutait parler de Rome avec
une admiration silencieuse. La sœur
aînée, qui était mariée à quelques
lieues de là, se trouvait présente.
Mais Marie, intimidée à la vue du
beau jeune homme, se tenait dans

un coin, émue et craintive, et n'o-
sait s'approcher; au bout de quelques minutes, Robert, qui avait déjà
prononcé son nom deux ou trois
fois, l'aperçut, courut à elle; et le
cœur de la jeune fille se gonfla de
plaisir et d'attendrissement, en
voyant que le beau jeune homme
était toujours son frère bien-aimé,
et qu'il n'avait point oublié la maison. En effet Robert, tout en parlant, remarquait tous les petits chan-
gements qui s'étaient faits pendant
son absence, caressait le vieux chien
du logis, et s'informait avec une curiosité enfantine du nombre des pi-
geons et des poulets qui étaient nés

depuis qu'il avait quitté la maison.

Il passa un mois avec ses parents, et partit ensuite pour Greifenberg. Il s'y trouva la veille du jour où il commençait sa dix-neuvième année; il se leva avec le soleil, sortit de l'auberge où il avait passé la nuit, jeta un regard triste et pensif sur ce château, dont les tours orgueilleuses s'élevaient fièrement au-dessus des arbres et des chaumières du village, et soupira en pensant que sa mère l'habitait, et que l'entrée lui en était à jamais interdite. Il traversa ensuite à pas lents le village, sortit dans la campagne, et, plongé dans ses réflexions, il montait un che-

min creux pour gagner un petit bois
qui couronnait la hauteur, lorsqu'à
peu de distance de lui il entendit
une voix d'homme crier en manière
d'appel : Hohé! hohé!... Il releva la
tête; et sur un tertre ombragé d'arbres, où s'élevait une croix de pierre,
en mémoire d'un meurtre, il vit un
jeune homme qui, se levant au moment où il jetait les yeux sur lui, lui
fit signe d'approcher :

Robert obéit machinalement.

— Vous plairait-il, dit l'étranger
en présentant à Robert un verre de
vin, et lui montrant une volaille
froide, vous plairait-il de partager
mon déjeûner?... Je célèbre aujour-

d'hui l'anniversaire de ma naissance..... J'accomplis, en ce moment,
ma dix-neuvième année; c'est presque à cette heure que j'ai pleuré,
en ouvrant mes yeux à la lumière
du jour; il me serait agréable d'avoir
un compagnon qui voulût, avec
moi, en fêter les premiers instants.

— Voilà un hasard bien extraordinaire! s'écria Robert en s'approchant vivement de l'étranger; et moi
aussi.... aujourd'hui, à deux heures
du matin, j'ai commencé ma vingtiè-
me année; ainsi je suis votre frère
aîné de quelques heures....

— Eh bien, mon frère aîné soit!
dit joyeusement l'étranger. Assieds-

toi là, bois et mange, et que Dieu
nous accorde à tous deux une vie
gaie, un cœur tranquille, quelques
plaisirs et beaucoup d'espérances; il
n'en faut pas davantage pour être
heureux!...

Robert, entraîné par les manières
franches et cordiales de l'inconnu,
s'assit vis-à-vis de lui auprès de la
croix, but le vin qui lui était présenté, et se mit en devoir de déjeûner.

— Et comment t'appelles-tu, mon
frère aîné? continua l'étranger, en
fixant sur lui de beaux yeux bleus
et riants.

— Robert Forster; et vous, mon
frère?...

— Moi! je m'appelle Hermann,
comme le libérateur de nos ancê-
tres ; c'est mon prénom, mon nom,
ma dot, mon héritage; tope ! frère
jumeau ! Mais, ne me trompes-tu pas
en disant qu'aujourd'hui même...?

— En voilà la preuve ; dit Robert
en tirant un papier de son portefeuille; et il lut : Robert Forster,
né le 10 mai 17..., jour de sainte
Victoire.

— Victoire donc, et vivat ! s'écria
impétueusement Hermann en jetant
ses bras autour du cou de Robert.
Frère Robert, je te salue ! Ah ! je voudrais que ton cœur palpitât comme
le mien au nom de frère !... Allons,

buvons !.... Il lui versa de nouveau
du vin : chacun but à son tour, et
la bouteille fut bientôt vide.

— Frère, continua Hermann en
se levant brusquement, érigeons ici
un petit monument de notre heureuse rencontre, un témoignage pour
l'avenir ; le veux-tu, frère ?

En disant ces mots, le jeune homme
se mit à ramasser des pierres éparses
sur la pelouse, et les entassa au pied
de la croix ; Robert l'imitait en silence : ils eurent bientôt formé une
espèce de massif qui avait la forme
d'un autel.

— Ici, dit Hermann en l'arran-
geant, où s'élève le monument d'une

mort funeste, consacrons celui de l'heure joyeuse qui donna la vie à.... j'ose l'espérer,.... à deux braves et honnêtes jeunes gens ?...

Quand la besogne fut terminée, Hermann prit sa valise; mais bientôt, la rejetant à terre, il se mit à examiner Robert avec une extrême attention :

— Sur mon âme, dit-il enfin, quiconque nous verra n'hésitera point à nous prendre pour frères :... tous deux de même taille, habillés presque de même, chacun un chien, un sabre au côté, une valise sur le dos, contenant sans doute tout notre avoir..... Et quand j'examine tes traits,... frère Robert, je voudrais avoir un miroir pour voir aussi ma figure;... ne trouves-tu pas?... Regarde-moi : mêmes yeux, même front découvert;... et la fossette au menton!... Ne trouves-tu pas, dis-moi, que nous nous ressemblons beaucoup?....

Robert regardait Hermann avec un attendrissement progressif; il avait été frappé de cette ressemblance, et il n'eut pas de peine à convenir qu'en effet elle existait.

—Eh bien! dit Hermann avec chaleur, si cela est, cette ressemblance doit aussi avoir lieu dans nos sentiments, et nous porter à une affection réciproque, frère!... Mon cœur me force à te parler ainsi; donne-moi ta main, et dis-moi quelle est ta destinée! où vas-tu? Je t'accompagnerai; je serai ton camarade de voyage; de quel côté portes-tu tes pas?... Je suis libre, vois-tu, libre comme l'air....

— Eh bien! c'est un trait de ressemblance de plus entre nous : je n'avais qu'une affaire ici,... dans les environs de Greifenberg.

— Greifenberg a été aussi le but de mon voyage, j'y suis venu chercher de l'argent, et maintenant je l'abandonne pour long-temps, peut-être même pour toujours.

— Aurais-tu besoin d'argent, dit

Robert en l'interrompant pour cacher l'émotion que ces mots venaient d'exciter dans son cœur, j'en ai à ton service.....

— Ah ! je voudrais bien en effet n'avoir pas d'autre nom que celui d'Hermann, dit celui-ci en soupirant, mais, vois-tu ! et il faut bien que tu le saches, j'en porte ici un autre ; j'ai à Greifenberg un fripon de tuteur duquel je ne puis tirer d'argent sans être obligé de le menacer chaque fois de l'étrangler, pour le contraindre à me donner une faible portion de ce qu'il me doit ; j'ai fait cette expédition ce matin, j'ai là mon argent, et je puis maintenant courir le monde.

— Et ton nom est...? demanda Robert en faisant semblant de rattacher la boucle de sa valise.

— Steuerwald ; mon père, l'un des plus riches propriétaires de ce pays est probablement mort dans les pays étrangers, car depuis plus de douze ans on n'a pas reçu de ses nouvelles; quant à ma mère, mon aimable et douce mère! j'ai été il y a trois mois visiter son tombeau. Il me reste une sœur; pauvre enfant! je suis forcé de la laisser entre les mains de cet odieux tuteur, et n'ai pas le pouvoir de l'arracher de ses griffes. Quant à moi, j'ai su inspirer assez de crainte au misérable pour en obtenir de

temps en temps quelques sommes
qui m'aident à vivre libre, en attendant que ma majorité me donne le
droit de réclamer mon héritage.

Hermann aurait parlé long-temps,
que Robert n'eût pas pensé à l'interrompre, tant il était ravi de la dé-
couverte qu'il venait de faire. Hermann était réellement le fils de son
père;... et en l'écoutant il rendait
grâces à la Providence, qui lui faisait
trouver à la fois un ami et un frère.

— Reposons-nous encore un instant, dit Robert en se rasseyant sur
le gazon, et raconte-moi ta vie.

Hermann ne se fit pas prier, et
avec cette douce familiarité qui s'é-

tablit si vite entre les jeunes gens dont
l'âme a conservé la précieuse ardeur
de l'enfance, caractère qui du reste
entre beaucoup dans celui de la jeunesse allemande, il raconta à son
nouvel ami une suite d'aventures piquantes, de traits touchants, qui faisaient l'éloge de son cœur, en même
temps que la satire de son éducation.

— Et qui t'a empêché, étant si
jeune, de devenir un mauvais sujet
dans la compagnie des hommes que
tu as fréquentés?

— Deux choses, le souvenir de
mon père, et la promesse que j'avais
faite à un brave vieillard, de rester

honnête homme dans toute l'étendue du mot.

Avant de quitter le misérable qui opprimait ma jeunesse, j'allai le trouver, et le suppliai avec larmes de consentir à ma fuite. Le vieillard, effrayé de cette révélation, voulut d'abord me calmer et m'engager à patienter encore, mais en voyant mon désespoir il céda à mes instances : il se leva, car c'était la nuit, s'habilla pour m'accompagner ; avant de partir il me donna une lettre pour un de ses amis, recteur à Jéna, de plus, ce sabre, et ce chien pour me défendre. Nous sortîmes alors ensemble de la maison. Le vieillard, me conduisant vers un

banc de gazon, lieu de repos favori
de mon père, me fit asseoir près de
lui dans l'obscurité.

— Hermann, me dit-il d'une voix
solennelle, ton père avait coutume
de venir s'asseoir sur ce banc quand
il habitait Greifenberg, et il avait
alors dans le cœur un désir violent
de faire une chose qui ne lui paraissait pas convenable.... Il sut vaincre
ce désir. Eh bien! jeune homme,
jure-moi ici, où l'ombre de ton père
se plaît à errer peut-être, s'il est vrai
qu'il soit mort,... jure-moi devant
Dieu, devant ces étoiles qui brillent
à nos yeux, et sur cette main, Hermann, la main d'un honnête homme,

jure-moi de rester ce que tu es, un honnête et loyal jeune homme. Tu sors pur d'une maison souillée par l'avarice, le mensonge, la bassesse; fais que je ne puisse jamais dire : Il eût mieux valu qu'il y fût resté!...

Voilà ce que me dit ce brave homme; il me présenta en même temps sa main vénérable, sur laquelle je prononçai, en la baisant avec respect, le serment qu'il m'imposait. Ses paroles se gravèrent dans mon âme en caractères ineffaçables. En le quittant je m'élançai avec courage dans le monde, et grâce au ciel j'ai tenu jusqu'à présent mon serment.

— Partons ensemble! s'écria Ro-

bert avec enthousiasme; sois non-
seulement mon frère, mais le compagnon de ma vie. Les deux jeunes
gens se levèrent alors, et se mirent
en route pour la ville voisine. Rien
ne retenait Robert à Greifenberg;
il avait appris par Hermann que
sa sœur Helmine se portait bien,
et que Sidonie n'était point en ce
moment au château; d'ailleurs la
rencontre qu'il venait de faire, en lui
comparant son cruel isolement, lui
présentait un si riant avenir, qu'il
s'abandonna sans résistance à la
douce influence que Hermann exerçait déjà sur lui.

Ce fut ainsi que ces nouveaux

Dioscures, réunis par un singulier
hasard, attirés l'un vers l'autre par
des nœuds secrets, et dont l'un d'eux,
ignorait même l'existence, contrac-
tèrent une amitié qui devait faire
le charme de leur vie. Aussi différents dans leurs goûts, qu'unis dans
leurs principes et leurs opinions, ils
avaient tout ce qu'il fallait pour s'aimer vivement et long-temps. Hermann tenait de sa naissance au milieu des bois et de son éducation un
peu négligée, quelque chose de sau-
vage et d'indépendant, qui jetait
beaucoup de variété dans leur manière de vivre. Il aimait à s'arrêter
tantôt dans une ville, si elle lui offrait

des occasions de plaisirs, et tantôt
au sein d'un vallon solitaire qui lui
rappelait celui où il avait passé son
enfance, avec son père, sa mère et sa
petite sœur; Robert, d'un caractère
plus doux, s'accommodait des allu-
res un peu brusques de son compagnon, parce qu'il avait dans son goût
pour l'étude une ressource toujours
prête pour utiliser son temps. Il finit
même par amener Hermann à sentir
le prix de l'instruction; il lui ensei-
gna le grec, et en échange, Hermann,
qui était très-bon musicien, lui apprit
à jouer de la flûte. Les deux frères
passèrent ainsi deux ans à parcourir
les plus belles contrées de l'Europe,

prolongeant leur séjour dans les villes
principales, comme Florence, Rome,
Naples, Paris, Lyon, Genève. L'humeur vagabonde de Hermann s'a-
paisa enfin, et fit place à une philo-
sophie plus calme et toujours joyeuse.
Robert, dont le caractère n'avait rien
à changer, ne rapportait de ses di-
verses excursions parmi les hommes, qu'un plus grand amour de la
retraite, de l'étude et du repos, et
Hermann commençait à dire comme
lui, que l'homme n'était point un oiseau de passage, et qu'il avait besoin
pour s'attacher à l'existence, d'une
chaumière, d'un champ de blé,
d'une femme, d'une demi-douzaine

d'enfants, et d'un ami comme toi,
Robert! ajoutait-il avec tendresse.
Mais où trouver la femme digne de
mon amour, de ma confiance, digne
en un mot, d'être la mère de mes
enfants?... Est-elle en France, en Italie, en Écosse!....

— Non, Hermann, nous sommes
Allemands ; les étrangères peuvent
nous séduire, mais les Allemandes
seules savent aimer. D'ailleurs, nous
avons très-peu vu l'Allemagne...

— Eh bien donc! retournons-y,
reprit l'impétueux Hermann, et que
ce soit à le but de nos courses!

— Arrivés en Allemagne, la ville
de M..., où le prince régnant tenait

une cour élégante, les retint d'a-
bord. Robert eut besoin d'un coiffeur pour mettre en ordre sa chevelure, un peu négligée : l'artiste en
cheveux, tout en s'occupant de sa
besogne, ne manqua pas, selon la
coutume de ceux de son état, de raconter aux deux étrangers les nouvelles de la ville. Il n'était bruit en
ce moment que d'un superbe bal
masqué qui devait avoir lieu dans
trois jours en l'honneur de la prin-
cesse régnante, dont c'était la fête.
J'aurai fort à faire, dit le coiffeur,
ce jour-là il me faudra coiffer plus
de cent têtes, mais celle qui me don-
nera le plus de peine, et pour la-

quelle j'étudie depuis huit jours les coiffures, des Niobés, des Cérès, des Ariancs au cabinet des antiques, c'est celle de mademoiselle de Lodran : elle doit jouer un rôle de sibylle ou de prophétesse dans la mascarade, et quoique je ne sois pas un artiste vulgaire, cela ne laisse pas de me donner beaucoup de souci.

Robert entama une dissertation avec le coiffeur sur les différents genres de coiffures convenables à ce caractère, et Hermann, qui dessinait agréablement, se mit à crayonner une demi-douzaine de têtes de prêtresses avec les couronnes, les voiles, les bandelettes sa-

crées. Le coiffeur, enchanté, lui en
fit les plus vifs remercîments, et, en
examinant chacun des dessins, il
continua à faire l'éloge de l'esprit,
de la beauté et des grâces de mademoiselle de Lodran.—Ceux qui pour-
ront, disait-il, recueillir les mots
spirituels, les heureuses reparties
qui lui échapperont dans cette soirée, seront bien heureux, car elle a
vraiment un esprit d'ange. Quel dom-
mage, ajouta le coiffeur, qu'une si
charmante personne soit si pauvre,
si pauvre, qu'elle ne peut trouver
un mari !

Cette réflexion du coiffeur fit
beaucoup rire Hermann, qui, mal-

gré son expérience du monde, ne
pouvait comprendre comment le défaut de fortune pouvait empêcher
une femme spirituelle et jolie de
trouver un mari. Quand le coiffeur
fut parti, Hermann, qui l'avait fort
questionné sur le bal et sur le
moyen de s'y faire admettre, dit
tout à coup à Robert :

— Je veux aussi voir cette mascarade... Je prendrai la robe et le bon-
net de Nostradamus, et nous ver-
rons comment la sibylle soutiendra
les attaques du prophète.

Robert ne fit aucune objection,
mais il déclara qu'il ne prendrait
qu'un domino noir, parce qu'il ne

se souciait de jouer aucun rôle.
Hermann s'occupa aussitôt de se
procurer un habit convenable au
caractère qu'il avait choisi, et au
jour marqué il se rendit, ainsi que
Robert, à la salle où le bal avait lieu.
Son costume, très-historiquement
composé, attira sur lui tous les regards ; mais il demeura long-temps
appuyé contre une colonne, et comme indifférent à la foule curieuse
qui se pressait autour de lui.

— Vieux prophète! lui cria Robert, prends-garde à toi, la pythie s'a-
vance, elle vient défier ta science!...

En effet une femme d'une taille
élevée et gracieuse en même temps,

se fit jour à travers la foule et se di-
rigeait vers lui ; mais il ne bou-
geait point de sa place, et paraissait plongé dans une profonde médi-
tation.

— Allons donc, savant enchanteur !
disaient les autres masques, puissant
devin ! illustre interprète des songes !
fais donc usage de ton zodiaque, de
ta baguette divinatoire ; conjure, si tu
le peux, le pouvoir de ta rivale, dans
l'art des enchantements ; mais, pauvre vieillard ! ses yeux sont des astres
brillants qui feront pâlir les tiens.

— Ces astres périssables, dit alors
le prophète d'un ton solennel , s'é-
teindront, et les miens éclaireront

encore le monde.... Comment celle qui a oublié le passé pourrait-elle lire dans l'avenir?...

— Le passé? demanda la sibylle, un peu interdite, que veux-tu dire?

— Oui le passé, reprit le prophète en élevant la voix. N'as-tu pas vu, dans ton enfance, des anges se jouer autour de toi dans tes songes? Pourquoi en mettant le pied sur le seuil d'une vie pleine d'illusions as-tu oublié les joies de ce paradis plein d'une si belle innocence?.... Tu te joues de l'avenir comme du passé, tu ne sais prophétiser que dans le présent. Ah! pourquoi n'es-tu pas la pythie de ta propre vie! Cet avenir n'est-il donc qu'un jeu, pour que tu le considères en riant? Regarde-moi! j'étais jeune aussi, et me voilà maintenant devenu un vieillard, ce visage plein de rides est prophétique aussi!

Clara, c'était le nom de la jeune demoiselle, s'était attendue à quelques traits malins, à quelques plaisanteries spirituelles, et voilà qu'elle n'entendait que des vérités sévères qui réveillèrent tout à coup des douleurs endormies au fond de son cœur; elle demeura d'abord muette et décontenancée, et se sentit pâlir sous son masque; toutefois, rappelant sa présence d'esprit:

— Tu n'es qu'un fou, mon pauvre Nostradamus, dit-elle avec légèreté, ou plutôt ton grand âge t'a fait retomber dans l'enfance. Prédis-moi du bonheur, vieille barbe grise! c'est le meilleur emploi que tu puisses faire de ta science....

— Le bonheur! reprit le vieillard avec un accent railleur, est un fantôme craintif et léger; il fuit le bruit et les mouvements de la folie : reste en repos, il se fixera près de toi.....

— Les flots de la mer sont-ils donc sans agitation, les nuages du ciel sans mouvement?....

— En effet, tu es la vague mouvante,... la nue promenée par les vents; l'une s'abaisse, et l'autre s'évanouit.

Après s'être ainsi attaqués et défendus par des sentences et des ripostes vives, au grand contentement de ceux qui les écoutaient, Clara, qui croyait reconnaître sous le masque de l'enchanteur, une personne de sa connaissance, lui dit tout à coup en prenant son bras : — Vieillard redoutable! que ta sagesse ne prenne pas avantage de mon inexpérience : instruis-moi, mais loin de cette foule maligne qui nous épie, et qui pourrait rire de la confusion de sa prophétesse. Viens! tu me révéleras ta science, si toutefois

elle ne consiste pas seulement à
tromper les hommes plus habile-
ment que moi.....

Elle l'entraîna, et la foule n'entendit pas ces derniers mots, qu'elle prononça d'une voix affaiblie. Hermann,
enchanté de l'aventure, fit avec Clara
quelques tours de salle; il trouvait un
charme inexprimable dans sa conversation, tantôt grave, tantôt railleuse,
et toujours spirituelle. Au milieu de
ce pathos, langage obligé de son
masque, au milieu des saillies étour-
dies et folâtres dont elle semait, avec
intention peut-être, l'entretien, il
lui échappait de temps en temps
une réflexion profonde, une pensée

généreuse, exprimée avec justesse, élégance, et même avec ce je ne sais quoi de touchant qui vient du cœur, et qui va au cœur. Au bout d'une heure de promenade, elle le conduisit dans la loge où était sa tante, madame de Dornbach; elle se démasqua, et Hermann demeura comme ébloui de sa beauté.

Il ôta aussi son masque et sa longue barbe, et laissa voir à Clara surprise une belle tête de jeune homme, mais un visage tout-à-fait inconnu.

— Qu'ai-je fait? s'écria-t-elle avec une vivacité qui cachait un peu d'embarras, je croyais trouver en vous une connaissance.. .. Excuserez-vous tout ce que le masque m'a fait dire?.....

— Rassurez-vous, répondit Hermann d'une voix un peu émue, j'avais deviné la beauté sous le masque, et l'âme sous les paroles.....

— Ah monsieur l'enchanteur! vous changez de langage, et comme un autre vous faites maintenant de frivoles compliments!.....

— J'ai dit la vérité; et qui pourrait empêcher un homme sincère de la dire?.....

— La vérité?..... demanda-t-elle d'un air de doute; puis, reprenant cette gaîté agaçante qui lui était habituelle : Ne savez-vous pas, monsieur,

que sept voiles enveloppent, dit-on,
le cœur d'une jeune fille ?.....

—Ah! qu'importent les voiles et les
masques, quand deux âmes de même
nature se rencontrent? Croyez-vous
qu'aucun déguisement puisse les
empêcher de se reconnaître?.....

Cette question faite à demi-voix,
et accompagnée d'un regard expres-
sif, parut troubler un instant la demoiselle; et elle cherchait sa réponse, quand l'orchestre, donnant le
signal de la danse, mit fin aux con-
versations particulières et à l'embarras de Clara. Hermann l'ayant invitée
pour la première contredanse, ils
convinrent de se réunir dans la loge,

après qu'ils auraient été l'un et l'autre changer leurs costumes, peu favorables à la danse, contre des habits plus légers et plus convenables. Robert, que le bruit et la foule commençaient à fatiguer, donna son masque et son domino à Hermann, qui revint avec empressement offrir la main à la charmante Clara, pour la conduire à la danse. Pour la première fois, cet exercice, qu'il n'avait jusqu'alors trouvé qu'insignifiant et presque ridicule, lui sembla agréable; d'ailleurs il déployait dans Clara des grâces pleines de séduction; jamais Hermann n'avait encore ressenti des émotions

pareilles à celles qu'il éprouvait,
quand sa danseuse, après avoir vol-
tigé quelque temps devant lui, ou
figuré avec d'autres, semblait, par
un doux entraînement, revenir à lui
à la fin de la figure ; et après ce léger mouvement d'hésitation qu précède le tour de mains, lui donnait
les deux siennes avec ce mol aban-
don qui rend l'homme si fier de son
pouvoir, et la femme si gracieuse
dans sa soumission. Cette soirée se
termina trop tôt pour le jeune homme, épris des charmes de sa belle
danseuse. Il l'accompagna jusqu'à
l'entrée de sa loge ; arrivés là, il lui
dit :

— Et à présent, me sera-t-il permis de vous revoir? Où, et quand?...

Elle s'inclina avec bienveillance, et dit en souriant : — Mais, n'avez-vous pas dit que nous nous connaissions déjà?... Ainsi donc, ce sera quand vous le voudrez.....

A ces mots, elle se glissa dans sa loge, et Hermann rentra chez lui le plus amoureux des hommes.

Il passa le reste de la nuit à rêver non-seulement aux piquantes et spirituelles reparties de la jeune fille, mais encore à des charmes un peu plus terrestres. Son imagination se repaissait de ravissantes images; c'é-taient des yeux noirs éblouissants,

c'était un cou blanc et gracieux
comme celui d'un cygne, c'étaient
des lèvres de roses qui, par leurs
formes délicates, faisaient deviner
toute la douceur de leurs baisers;
enfin, c'était une taille voluptueuse,
un son de voix enchanteur, dont le
souvenir portait un trouble délicieux
dans tout son être.

Le matin il prit son chapeau, et
s'en alla tout pensif vers la demeure
de mademoiselle de Lodran. Il n'avait
point l'intention d'y entrer, mais il
éprouvait le besoin instinctif de se
rapprocher de l'enchanteresse qui
l'avait charmé. Tout en marchant, il
se rappelait les souvenirs de la veille,

et ce que le coiffeur avait dit de la
beauté, de l'esprit, des talents de la
jeune demoiselle, et même de sa pau-
vreté : ce que cet homme avait ajouté
comme une ombre au tableau, était
un motif de plus à l'intérêt du jeune
homme.

Il se répétait cette dernière circonstance pour la seconde fois, et,
tout absorbé dans ses pensées, il mar-
chait d'un pas distrait, quand il
aperçut tout près de lui deux grands
yeux noirs, qui, se fixant sur lui,
troublèrent singulièrement ses réflexions : ils appartenaient à cette
pauvre demoiselle, dont les charmes,
l'esprit, et le défaut de fortune oc-

cupaient si fortement son esprit.

— Par le ciel ! s'écria-t-il, tout joyeux de sa rencontre, je ne vous aurais presque pas vue, mademoiselle, tant j'étais occupé de vous !... La demoiselle s'inclina d'un air gracieux. Elle était enveloppée d'un immense schall, les boucles de ses cheveux étaient encore retenues par des épingles, mais son visage ne perdait point à être ainsi dégagé d'ornements.

— Après une nuit d'illusions, dit-elle, en souriant, il est bon de se retrouver au grand jour ; après avoir respiré un air altéré par tant de vapeurs malsaines, une promenade le matin sous l'ombrage est, à ce

que dit mon médecin, le meilleur
moyen de rafraîchir la poitrine et les
joues!...

— Et l'âme aussi, ajouta Hermann;
tel était du moins mon projet, et si
vous le permettez....

A cette question, la jolie tête s'inclina, les yeux s'adoucirent, les lèvres sourirent, et la petite fossette des
joues rosées se creusa : la charmante
fille aurait familièrement pris le bras
d'Hermann qu'elle ne lui aurait pas
exprimé plus clairement : « Vous me
faites infiniment de plaisir! Je suis
charmée de çe que voulez bien m'accompagner. » Elle ne dit pas un
mot, mais Hermann avait compris

ce gracieux silence, et il se mit à marcher dans la direction qu'elle avait prise.

Le mouvement rapide et léger de ses pas, sa taille étroitement enveloppée de sa draperie, sa chevelure relevée, cette absence de toute parure dans sa personne fit oublier à Hermann les titres de noblesse de la demoiselle. Il lui semblait qu'il allait seul avec elle sur la terre, comme s'il eût été son frère, son ami, une ancienne connaissance; cette idée calma le trouble qui l'avait saisi à la vue inopinée de celle qu'il cherchait; heureux d'être près d'elle, il la suivait presque sans penser à pro-

fiter de cet heureux hasard pour lui
dire tout ce qui l'avait occupé depuis qu'il l'avait quitté. Tous deux
étaient entrés dans le parc du prince,
qui sert de promenade aux habitants de M..., et s'étaient assis sur
un banc dans la partie la plus om-
bragée du jardin. Une verte prairie
traversée par un ruisseau se dérou-
lait sous leurs yeux , et des touffes
d'arbustes et de fleurs embaumaient
l'air autour d'eux. Hermann cueillit
un bouton de rose, et le présenta à
Clara. Elle sourit en lui montrant ses
deux bras prisonniers sous le schall.
Le jeune homme prit alors une épin-
gle à l'une des boucles pour attacher

la fleur dans ses cheveux noirs ; autre embarras, la boucle soyeuse se déroula et vint couvrir la moitié du front de Clara. Alors une main blanche et nue fut obligée de sortir de dessous le schall pour réparer le désordre ; Hermann, en voyant cette main d'ivoire s'agiter à travers les boucles, fut tenté d'y poser ses lèvres, mais il n'en eut pas le temps ; la main et le bouton de rose se retirèrent sous le schall.

— Vous paraissez aujourd'hui rêveur et préoccupé, dit la belle fille, pour mettre fin à un silence qui commençait à devenir embarrassant et peut-être dangereux.

— Rêveur! non, mais préoccupé, oh! oui, tout ce qui dans mon être sent, désire, espère, se dirige vers vous... Mes yeux, mes oreilles, et mon cœur ne sont occupés que de vous.... Toutes les innombrables espérances de ma vie, tous mes souhaits, qui jusqu'à ce jour n'avaient aucun but, en ont trouvé un maintenant, et ce but.... c'est vous! oui vous!...

— L'enchanteur veut sans doute éprouver jusqu'où peut aller la vanité de la prophétesse! dit-elle avec un peu d'émotion.

— Oh non! s'écria-t-il vivement, et tenez, je ne veux pas même vous

tromper en vous disant que le hasard m'a fait vous rencontrer. Oui,
dussiez - vous exiger que je vous
quitte à l'instant même, je dois vous
dire la vérité : je vous cherchais...,
et depuis cette nuit je n'ai été occupé
d'autre chose que de votre souvenir.... Je rêvais à vous....

— Et je crois que vous rêvez encore, dit-elle en déguisant par un
éclat de rire le trouble léger què ces
paroles excitaient dans son âme.

— Oui, continua-t-il avec passion,
je rêvais que si ce parc, cette maison, que nous voyons à travers ces
arbres, nous appartenaient, et que
vous voulussiez la partager avec moi,

je n'aurais plus aucune prière à adresser au Destin !...

— Que celle de vous réveiller d'un tel rêve, c'est un soin dont je dois me charger...

En disant ces mots, elle se leva et se mit à marcher en silence ; puis, reprenant la parole : — Monsieur, vous êtes fort aimable;...mais, croyez-moi, ne rêvez plus... Et vous, qui contez si agréablement, faites-moi, je vous prie, un conte plus gai, pendant que nous parcourrons le parc, que je veux vous montrer en détail.

— O ciel! dit à demi-voix Hermann stupéfait, vous doutez de mes sentiments ?...

— Je lis volontiers des romans,
monsieur; mais depuis que je suis
dans le monde, je n'y crois plus...

Un nuage de tristesse obscurcit
ses beaux yeux, en prononçant ces
derniers mots; mais ce ne fut qu'un
nuage.

— Je ne sais pourquoi, continua-
t-elle en tirant sa main de dessous
son schall et en la présentant à Hermann avec aménité, je ne sais pourquoi l'on s'éloigne toujours des sujets de conversation agréables ou sérieux pour se jeter ainsi dans le
romanesque et l'exagération. Un
homme aimable ,e peut-il donc
être auprès d'une femme sans lui

parler d'amour?... En vérité, je voudrais bien rencontrer un homme
d'esprit qui ne m'aimerait point,
afin de connaître le charme d'un entretien dont la sincérité de part et
d'autre ferait tous les frais. Il me
semble qu'il résulterait de ce genre
de relations un sentiment d'estime,
qui vaudrait bien celui auquel on
donne le nom d'amour....

Il y avait dans le son de sa voix,
dans son regard et dans la légère
pression de sa main, qui touchait
celle d'Hermann, quelque chose de
si doux, de si expansif, si l'on peut
dire, que le cœur du jeune homme,
d'abord blessé par la légèreté de ses

paroles, se sentit à demi consolé.

— Vous serez obéie ! dit-il à voix basse.

Elle sourit d'un air de doute. — N'y a-t-il pas en Suisse, dit-elle, une cascade sous laquelle on se met à l'abri de la pluie ?

— Oui, je m'y suis arrêté.

— Et moi, je m'y arrête à présent, continua-t-elle en remettant sa main sous son schall.

Ils firent encore un tour d'allée; puis mademoiselle de Lodran reprit le chemin de la grille. Leur conversation avait pris un tour simple et aisé qui la rendait extrêmement agréable; ils arrivèrent à la porte de la maison

presque sans s'être aperçus du chemin.

—Vous le voyez, dit Clara en prenant congé, nous avons fort bien
passé notre temps sans qu'il soit
besoin de nous jeter dans les lan-
gueurs du sentiment.

— Ah ! reprit Hermann avec émotion, je crois pourtant à une plus
haute félicité... Et je ne crois pas
qu'elle soit un songe... Ils se sépa-
rèrent.

———

En rentrant, Hermann raconta à
Robert ses aventures de la nuit et
de la matinée. Robert traduisait dans
ce moment le roman d'Héliodore,

Théagène et Chariclée ; il regarda son ami avec une compassion tendre. — Ainsi, dit-il, te voilà encore une fois amoureux ; cette fois, cela me paraît sérieux, et pourtant qu'espères-tu ? quels sont tes projets ? Tu ne peux épouser mademoiselle de Lodran ; elle est pauvre, dit-on, mais elle est noble... Prends-y garde !... mon frère, cette liaison qui te paraît si douce peut te causer bien des chagrins....

Hermann combattit avec vivacité l'opinion de son ami ; pourtant il résista pendant un jour au désir qu'il avait de revoir Clara. Mais le surlendemain il n'y tint plus ; il alla au parc, et ne tarda pas à y rencontrer

Clara. Elle n'était point, comme la première fois, en négligé, et même un certain art semblait avoir présidé à sa toilette, simple mais élégante. Elle rougit en apercevant Hermann; mais cette rougeur était plutôt celle du plaisir que de la surprise; on eût presque dit qu'elle l'attendait.

Après les premiers compliments, Clara lui dit : — Quel est donc l'officier avec lequel vous vous promeniez hier au soir?...

— C'est mon frère, répondit simplement Hermann.

— Je m'en doutais, car vous vous ressemblez beaucoup; mais au service de quelle puissance est-il donc?

je ne connais point cet uniforme.

— Il est capitaine au régiment des gardes du roi de Sardaigne.

En effet, Robert, dans son premier voyage en Italie, avait eu l'occasion de rendre un important service à un vieux général piémontais, qui, n'ayant pu faire accepter aucune récompense à son libérateur, l'avait contraint de recevoir un brevet de capitaine dans son régiment : titre purement honorifique, mais qui, en donnant à Robert le droit de porter l'épaulette, pouvait lui être très-utile dans ses voyages.

Une autre question sembla un moment errer sur les lèvres de la belle fille, mais elle ne la fit point; et la conversation s'engagea entre eux, tantôt gaie, tantôt sérieuse, suivant que le hasard en décidait. Hermann était transporté.

— N'oserai-je point vous entretenir de mes rêveries?... lui demandat-il tout à coup en s'arrêtant devant elle, et en cherchant à lire une réponse favorable dans ses yeux.

— Quand vous me verrez rêveuse aussi, répondit-elle en souriant avec mélancolie, mais pas avant;... je vous en conjure!...

Ces derniers mots furent prononcés d'une manière si suppliante, que le jeune homme n'osa insister; mais

il ne put réprimer un profond soupir, que Clara, selon sa coutume,
feignit de ne point entendre.

C'était ainsi qu'Hermann se sentait
enlacé dans les liens de l'enchanteresse ; il le sentait, mais il ne pouvait
s'en défaire ; et quand Robert lui répétait : — Souviens-toi qu'elle est de
race noble! il s'écriait avec impa-
tience :

— Eh bien! quand cela serait, lui
ai-je caché ce que je suis?...

— Le lui as-tu dit en effet? demanda Robert d'un ton un peu sévère; elle sait que tu as un frère
capitaine aux gardes : ne doit-elle
pas te croire ainsi que lui gentil-
homme?....

Hermann rougit, serra la main de Robert et dit : — C'est vrai ! Il saisit la première occasion de parler à Clara; et, amenant la conversation sur son frère, il lui raconta l'origine de son grade de capitaine, et en même temps il lui dit que ni son frère ni lui n'étaient nés gentilshommes : en faisant cet aveu, Hermann observa avec attention les traits de mademoiselle de Lodran, et rien n'en altéra la gracieuse expression.

Une autre fois, il la rencontra encore au parc; elle était avec sa tante, et il hésita s'il l'aborderait, parce qu'il la voyait entourée de plusieurs hommes, qu'aux ordres dont ils

étaient décorés on reconnaissait pour
être des personnes attachées à la
cour; mais Clara l'aperçut de loin,
et, le saluant, lui fit signe d'approcher : elle le présenta à sa tante et
aux personnes de sa société sous le
nom de M. Hermann Steuerwald,
sans chercher à anoblir ce titre d'aucune particule. Madame de Dornbach lui fit un accueil fort distingué,
et, à la fin de la promenade, lui proposa de l'accompagner, elle et sa
nièce, chez elles.

Hermann fut d'abord un peu surpris du luxe qui régnait dans l'appartement où il fut introduit; cette
apparence ne s'accordait pas dans

son esprit avec le manque total de fortune que l'on attribuait à ces dames ;
mais il était trop épris , et surtout
trop heureux d'avoir l'entrée de cette
maison pour réfléchir bien profondément sur cette singularité ; d'ailleurs , la vieille dame était aimable,
ses manières et sa conversation an-
nonçaient une bonne éducation, elle
paraissait voir Hermann avec plaisir ; Clara semblait fière du succès de
son nouvel ami. Comment l'amoureux jeune homme aurait-il résisté à
une telle séduction ?... Il retourna
donc souvent chez Clara, puis tous les
jours ; et il s'insinua de plus en plus
dans les bonnes grâces de la tante,

et dans le cœur de la belle fille.

En effet, cette dernière, depuis sa liaison avec Hermann, sentait revivre en elle les pures et saintes émotions de sa jeunesse ; et son âme, long-temps abattue sous le poids d'un malheur irréparable, aujourd'hui ranimée par l'estime et la tendresse d'un homme honnête, pieux et sincère, se sentait renaître à la fois à l'espoir et à l'amour.

Un soir, qu'ils étaient seuls, Hermann, s'abandonnant à cette impétuosité de sentiments qui lui était naturelle, lui faisait, en quelque sorte, sa profession de foi sur ces hautes questions de vertu, d'immor-

talité qui viennent toujours se mêler
au meilleur sentiment dont Dieu
gratifia le cœur de l'homme, et qui,
en lui servant de cortége, prouvent
même son excellence. Dans ce moment, où le plus noble enthousiasme remplissait ses yeux de larmes,
il lui dit : — Ah ! sans cette foi élevée,
comment pourrais-je vous aimer ?
sans cette croyance, que tout ce qui
est beau, généreux, sublime, est im-
mortel ; sans elle, l'amour serait-il
autre chose qu'une fièvre, qu'une
démence passagère, plus digne de
pitié que de regret?... Oui, Clara,
je le sens à mon cœur, cet amour a
emprunté à sa source immortelle

tout ce qui doit le rendre durable;
mais aussi il retourne vers elle ; ne
le pensez-vous pas ?... Clara, profondément touchée, lui présenta vivement les deux mains, en signe d'ad-
hésion, puis elle dit d'une voix attendrie : — Cher Hermann ! puisse
cette source immortelle ne se tarir
jamais pour moi !... puissent tous les
anges écouter la promesse que je
fais ici de...

Dans ce moment la pendule sonna
l'heure, et des sons de flûte firent
entendre l'air bien connu : *L'amour
est la source des doux plaisirs.* La parole expira sur les lèvres de Clara,
et son visage exprima successive-

ment la surprise, l'horreur et le désespoir; elle cacha son visage de ses
deux mains, et se mit à fondre en
larmes. Hermann, effrayé, la ques-
tionna en vain; elle détourna la tête
et lui fit signe de s'éloigner; mais
c'était un effort dont Hermann n'é-
tait point capable. — Qu'avez-vous?
répétait-il, désespéré; pourquoi cette
douleur subite, inconcevable? quel
souvenir douloureux est venu frap-
per votre âme? Ne savez-vous pas
que je vous aime, que je suis riche,
libre de mes actions, que je veux
vous épouser?

A ces mots, les pleurs de Clara
redoublèrent de violence; pourtant

elle releva vers lui son visage, bouleversé par le désespoir.

— Homme généreux... dit-elle ;
elle hésita un moment, puis, prenant tout à coup son parti : — Je ne
puis parler... En effet, sa voix était
étouffée par ses sanglots.

— Je ne puis vous parler ce soir...
mais je vous écrirai... Maintenant je
le dois... Adieu, je vous écrirai.

En parlant ainsi, elle s'enfuit dans
sa chambre, et laissa Hermann dans
un trouble égal au sien.

En rentrant chez lui, il se jeta
dans les bras de Robert, et lui dit ce
qui venait de se passer entre Clara
et lui. Tous deux se creusèrent la

tête pour deviner la cause d'une
conduite si extraordinaire : ce n'é-
tait point la différence du rang,
Clara avait parlé de cet objet de manière à laisser croire qu'elle n'y attachait nulle importance. Madame
de Dornbach, quoique femme du
monde, et assez vaine des distinc-
tions que donne la naissance, paraissait voir l'inclination de Clara
avec plaisir, et même avait plus
d'une fois donné à entendre à Hermann que cette dernière était par-
faitement libre de ses actions, et
qu'elle, sa tante, ne mettrait aucun
obstacle à ce qui pourrait faire son
bonheur. Cet obstacle venait donc

de Clara elle-même : et comment
s'était-il présenté si subitement à
son esprit, qu'au milieu de l'émotion la plus vive et la plus tendre,
il eût, comme un fantôme effrayant,
glacé la parole sur ses lèvres, et arrêté le doux aveu qu'elle allait peut-
être prononcer ?...

Toutes ces idées furent agitées
dans tous les sens par les deux amis,
et ils passèrent une partie de la nuit,
Robert à consoler, à encourager son
malheureux frère, et celui-ci à passer
tour à tour de la douleur au désespoir.

Le lendemain, on lui apporta un
paquet à son adresse ; c'était l'écrit

promis par Clara. Hermann se retira dans sa chambre pour le lire.

Vers midi il revint auprès de Robert ; son front était pâle et son regard sombre.

— Mon frère ! dit-il, je sais tout maintenant ; ne me questionne point, plus tard je te dirai..... Mais en attendant, prête-moi, pour une couple de jours, ton habit et ton brevet de capitaine.....

— Volontiers, cher Hermann, mais ne pourrais-je savoir....?

— Plus tard, plus tard !

Il passa l'uniforme, boucla le ceinturon du sabre, prit le chapeau d'ordonnance, et, pressant la main de Ro-

bert sur son cœur, il le quitta sans
lui rien dire de ses projets.

Avant d'en faire part au lecteur,
il faut lui faire connaître les motifs
qui avaient forcé Clara à écrire une
lettre dont l'existence semblait avoir
bouleversé l'âme du jeune homme.

Madame de Dornbach, tante de
Clara, avait eu un procès en récla-
mation contre un de ses beaux-frè-
res. Ses droits étaient évidents, et elle
eût infailliblement gagné sa cause
si son adversaire n'eût été président
de justice de la cour où fut portée
cette affaire. Madame de Dornbach
fut condamnée, et, à l'exception d'un
petit bien de campagne, elle perdit

par cet arrêt toute sa fortune. Quelque temps après cet évènement, le
président mourut et laissa pour unique héritier un fils qu'on appellait
le chevalier de Dornbach, parce
qu'en effet il avait été, fort jeune,
pourvu d'une prébende de chevalier
de Malte. C'était ce qu'on appelle un
homme à la mode; des cheveux d'un
blond hasardé, des yeux bleus un
peu fades, qui s'animaient pourtant d'un feu soudain à la vue d'une
jolie fille; de belles dents, de belles
mains, une jambe assez bien tour-
née, quelque chose d'un peu préten-
tieux dans les manières, tels étaient
ses moyens de succès, et il en avait

dans le monde. C'était un homme
d'honneur, c'est-à-dire qu'il payait
exactement, et que, depuis sa majorité, on n'avait pas remarqué la
moindre irrégularité dans sa conduite. Il lisait beaucoup, était instruit, froid et maître de lui dans la
discussion; il ne blâmait point l'enthousiasme dans les autres, seulement il en riait.

— Il est fâcheux que ce jeune
homme n'ait point d'ambition, di-
sait-on dans le monde; en effet, on
ne lui connaissait aucune vue poli-
tique : il avait été en Italie, dans le
temps où le prince héréditaire, ama-
teur passionné des beaux-arts, s'y

occupait à faire mouler les mor-
ceaux les plus précieux de la sculp-
ture antique, pour en décorer sa gale-
rie; Dornbach lui fut utile dans cette
occasion, et ramena en Allemagne
le convoi qui apportait ces plâtres.
Son père et le prince régnant mou-
rurent à cette époque. On crut
d'abord que l'augmentation de sa
fortune et sa relation avec le prince
lui feraient obtenir un rang distingué à la cour; mais il ne demanda
que l'emploi de directeur du cabinet d'antiquités, place, sans émo-
luments, et qui n'était briguée par
personne.

Après la mort de son persécuteur

madame de Dornbach fit revivre ses
prétentions à l'héritage dont elle avait
été si injustement frustrée, et pré-
vint son neveu des poursuites qu'elle
était dans l'intention de diriger contre lui, comme héritière de son
père.

Le chevalier, ennemi du bruit et
de tout ce qui pouvait attirer sur lui
l'attention, accourut aussitôt à la
maison de campagne de sa tante,
pour s'entendre avec elle sur cet objet. Madame de Dornbach n'était
point chez elle dans ce moment;
mais il fut reçu par une nièce dont
elle avait été obligée de se charger,
malgré la médiocrité de sa fortune.

La mère de Clara (car c'était cette nièce) était morte depuis quelques mois, et avait laissé sa fille également sans biens ; mais comme elle était parente du président au même degré que sa sœur, elle avait des droits égaux aux siens, et le chevalier avait un compte à rendre à la nièce aussi bien qu'à la tante.

En voyant paraître la charmante Clara, âgée alors de quinze ans, belle comme un jour de printemps, innocente et pieuse comme tous les anges, le cœur du chevalier battit d'un trouble étrange, et une flamme impure s'alluma dans ses yeux. Il s'approcha d'elle, comme, jadis, l'esprit

tentateur près de la première femme.
Il avait connu, disait-il, dans sa jeunesse sa pieuse mère; il en avait conservé toujours, malgré les années et
les distractions du monde, un tendre
souvenir. Il avait été douloureusement affecté en apprenant sa mort
soudaine et le malheur de son aimable et chère cousine... Par ces discours, pleins, en apparence, d'une
généreuse sympathie, il attira des
larmes dans les beaux yeux de la
jeune fille; et, entraîné lui-même
par le pathétique qu'il mettait à ce
qu'il disait, il joignit ses larmes hy-
pocrites aux siennes. — Oui, Clara!
disait-il en pressant, caressant dans

les siennes cette petite main blanche
et douce qu'elle lui abandonnait sans
défiance, oui, vous êtes en effet bien
malheureuse d'avoir perdu une mère
si tendre.... Mais, soyez tranquille,
maintenant je suis libre de ma fortune comme de mes actions, et....
vous verrez! comptez sur moi, chère
enfant.... En disant ces mots il l'attira doucement vers lui, et l'innocente fille ne défendit point sa bouche de rose contre le baiser du séducteur.

Il n'alla pas plus loin : il était mé-
thodique dans ses séductions. En
quittant Clara, il lui promit de revenir bientôt, pour terminer avec sa

tante ce *détestable* procès, qui, depuis
la mort de son père, pesait sur sa
conscience. Enfin il partit, et Clara,
au retour de sa tante, ne pouvait se
lasser de lui répéter combien le chevalier avait été tendre, sensible et
généreux.

Il revint en effet peu de jours
après, et se montra encore plus aimable pour la tante que pour la
nièce; il affecta avec elle une grande
franchise.

— Voyez-vous, chère tante, lui
dit-il, je me trouve dans une posi-
tion fort embarrassante; mon père,...
il faut l'avouer, a gagné le procès
par des moyens qu'il répugne à ma

tendresse filiale de voir mettre au jour ; si vous voulez plaider, je serai forcé de suivre la même marche que lui, afin de préserver sa mémoire d'une tache honteuse ; mais, bon Dieu ! est-il besoin entre bons parents d'en venir à des moyens aussi violents ! Il y a une meilleure voie d'accommodement que celle du droit :.... je vous paierai...., et, en disant cela, il tirait de son portefeuille des billets de banque, je vous paierai les arrérages depuis que l'affaire est en litige, et je vous continuerai la rente du bien votre vie durant.. ... Et, quant à ma petite cousine, qui sait si plus tard le sort

ne prononcera pas d'une manière
plus favorable encore?....

La tante demeura éblouie, en-
chantée de ce discours; la générosité
du chevalier surpassait toutes ses
espérances, et le coup d'œil qu'il
jeta sur Clara, en parlant de son
avenir, était fait pour les augmenter
encore. Le chevalier avait son but en
parlant ainsi; il ajouta : — A la vérité, cette petite croix met obstacle,
dans ce moment, à mes projets;
mais, plus tard, qui sait? n'est-ce
pas, chère Clara?....

Clara ne comprenait point sa pensée, mais elle y voyait quelque chose
de très-bienveillant pour elle, et

elle souriait comme un ange heureux.

La tante, à qui cette restitution
d'une portion de revenu assez consi-
dérable rendait l'espoir de retour-
ner à la résidence, et qui voyait en
perspective les fêtes, les jours de
gala, et tous les plaisirs de la cour
auxquels sa mauvaise fortune l'avait
brusquement arrachée, accueillit
avec vivacité l'espoir que lui offraient
les phrases ambiguës du chevalier.
En conséquence, elle l'engagea à revenir souvent; et comme il ne tarda
point à profiter de la permission,
elle crut devoir le laisser entretenir
Clara librement, espérant que mieux

il connaîtrait toute la bonté du cœur de Clara, et plus tôt le bonheur de cette dernière serait décidé.

Pendant tout le reste de la saison, le chevalier fit une cour assidue à sa charmante cousine. Comme il était fort instruit, il lui donna des leçons de français, de dessin; il causait avec elle de science, d'arts et de littérature; il lui apportait les livres qui lui manquaient, et chaque jour, en parlant de ses progrès, il disait, avec un accent qui faisait battre le cœur de la tante: — La nature lui a tout donné...; elle comprend tout; un esprit, une facilité prodigieuse!... En vérité, je crois que bientôt nous

en ferons une femme charmante!...
D'après ces mots si souvent répétés,
madame de Dornbach s'attendait d'un
jour à l'autre à quelque ouverture
plus directe de la part du chevalier,
ou à quelque confidence de celle de
sa nièce; mais Clara ne pouvait que
lui dire combien le chevalier était
bon et complaisant, et comme il se
plaisait à lui parler de sa tendre mère.

En effet, l'adroit séducteur avait
reconnu tout le parti qu'il pouvait
tirer de la sensibilité de la jeune
fille. Il s'était facilement emparé de
ce cœur aimant et sans défiance, en
lui parlant sans cesse de l'objet qu'elle
avait le plus vénéré et aimé dans le

monde. Toutefois, en possédant
toutes ses affections, il n'avait pu
encore la séduire, et les moyens
dont il s'était servi pour la subju-
guer fournissaient à Clara des armes
contre lui : le souvenir de sa mère,
et l'amour pur qu'elle éprouvait
pour l'homme qu'elle regardait comme son bienfaiteur, défendaient, comme deux anges protecteurs, l'innocence de la douce fille contre les
ruses auxquelles elle était en butte.

La tante, que l'expérience du
monde rendait plus clairvoyante,
crut démêler le plan du chevalier;
dans son effroi, elle ne sut d'abord
si elle devait venir au secours de

l'innocence en péril, ou bien.... fer-
mer les yeux... Elle avait tant d'intérêt à ménager le chevalier !... Cependant elle eut le courage de lui
parler à ce sujet, non ouvertement,
mais de manière à connaître ses intentions; le chevalier, qui maintenant ne voulait plus laisser échapper
une proie prête à tomber dans ses
piéges, sentit que le moment d'agir
était venu; sans s'expliquer sur ses
intentions, il conduisit la tante à la
résidence, il fit briller à ses yeux
toutes les magnificences d'un monde
de d'où elle était bannie depuis si
long-temps, il la flatta de l'espoir
d'être présentée à la cour, et quand

toutes ces choses eurent exercé leur
funeste influence sur l'âme pleine
de vanité de cette faible femme, il
lui montra d'un air significatif sa
croix de chevalier de Malte, qui le
condamnait au célibat... La tante
frémit, et lui demanda en pâlissant
s'il n'avait nul moyen de rompre
cet engagement; le chevalier, pour
la calmer, répondit, en termes éva-
sifs, qu'il n'était pas sans quelque
espoir; que si Clara l'aimait vérita-
blement, il pourrait, peut-être, obtenir d'être relevé de ses vœux. Mais
il était évident qu'il ne donnait cette
assurance que pour endormir la
conscience alarmée de la tante de

Clara ; d'ailleurs, n'ayant donné nul écrit des promesses qu'il avait faites, elle se trouvait entièrement dans sa dépendance ; ce fut ainsi que Clara fut vendue. Passons rapidement sur ces heures fatales où l'innocence la plus pure fut victime, enfin, d'une infernale et cruelle perversité.

Le désespoir de Clara, après sa chute, fut inexprimable ; agenouillée sur le parquet de sa chambre, elle tordait ses mains avec angoisses, et ses yeux en pleurs, élevés vers le ciel, semblaient demander pitié et pardon ! Dans ce moment la pendule sonna, comme par une cruelle ironie, l'air de Mozart : *L'amour est la*

source des doux plaisirs de la vie. C'é-
tait le chevalier qui lui avait donné
ce meuble, et cent fois elle avait entendu ce chant sans en être douloureusement émue ; mais dans ce moment il lui semblait entendre la voix
moqueuse de l'enfer, sûr enfin de
sa proie ; elle s'élança vers la pendule, en arrêta le ressort : — Paix !
dit-elle d'une voix égarée, paix !
paix ! laisse-moi prier !....

Le chevalier employa tous les
moyens de persuasion pour calmer
la douleur de la pauvre fille ; il alla
même jusqu'à lui promettre de l'é-
pouser, et il parvint à lui faire comprendre que, s'il ne le faisait pas im-

médiatement, c'est qu'il fallait d'abord qu'il se fît relever de ses vœux, ce qui devait demander encore quelque temps.

La tante et la nièce vinrent alors habiter la résidence; Clara y prit bientôt les manières élégantes qui convenaient à la future épouse du chevalier de Dornbach, de l'homme à la mode, en un mot du favori du prince.

Le chevalier était reçu dans la maison sur le pied d'un parent; mais peu à peu la froideur soupçonneuse, la craintive réserve que lui témoignait Clara à mesure que le temps s'écoulait sans qu'il donnât suite à

ses promesses, le fatigua ; il mit moins
de soins dans sa conduite, et ses pro-
cédés, à la fois impérieux et hardis,
révoltèrent la timide Clara. A son
tour, la tante ne put enfin dissi-
muler plus long-temps à sa nièce
qu'il était très-incertain qu'elle de-
vînt jamais la femme du chevalier.
Clara tressaillit;... d'un coup-d'œil
elle entrevit son sort. Depuis qu'elle
vivait dans le monde, elle avait vu
de semblables aventures ; mais bientôt, jetant sur sa faible tante un regard si pénétrant que celle-ci en fut
troublée : —Ma tante, lui dit-elle, de
qui suis-je la victime? du libertinage
ou de la cupidité?.... Vous m'avez

rendue malheureuse femme!... mais
vous ne me livrerez point.... Souve-
nez-vous que j'ai un oncle en Italie,
et ne me forcez point à divulguer ma
honte et à implorer son secours.

Ce peu de mots changèrent subitement les relations de la tante et de
la nièce; la première redoutait extrêmement l'intervention du colonel
dans cette affaire; elle apaisa Clara
de son mieux, en lui jurant qu'elle
n'avait eu que son bonheur en vue;
elle la laissa maîtresse de disposer
de tout dans la maison, se réduisant
au rôle d'amie, et presque de com-
plaisante; et peu à peu les deux
femmes, par je ne sais quel accord

tacite, et un ménagement mutuel,
en vinrent à jeter un voile épais sur
un passé coupable, mais qu'elles
semblaient regarder toutes deux
comme irréparable. La tante, en
vertu de l'arrangement verbal fait
avec le chevalier, au sujet de l'héritage, jouissait d'un revenu qui lui
permettait d'avoir une maison brillante; la beauté et les talents dé sa
charmante Clara y attiraient la meilleure compagnie de la ville. Il était
bien connu que ces dames vivaient
des bienfaits du chevalier : on trouvait la conduite de ce dernier noble
et généreuse, mais on ignorait qu'il
achetait par ces prodigalités le si-

lence de sa victime ; car la tante l'a-
vait menacé de tout révéler au colonel Steinert, s'il voulait faire quelque réduction dans la pension qu'il
avait consentie. Quant à Clara, elle
avait repris sa fraîcheur, sa gaîté :
tout le monde admirait sa beauté,
son esprit, ses grâces, mais personne
ne se présentait pour l'épouser, et
elle-même frémissait à l'idée du moment où un honnête homme lui de-
manderait son cœur et sa main ; car
elle était résolue alors à tout révéler à celui qui l'estimerait assez pour
vouloir l'épouser. Depuis son malheur, Clara avait pris une très-
mauvaise opinion des hommes en

général, et depuis que le sentiment
de sa propre faute s'affaiblissait dans
son cœur, elle avait beaucoup perdu
de l'estime qu'une femme a toujours
pour son propre sexe. Il eût pu ré-
sulter de cette double déchéance la
perte totale de cette charmante fille,
si un pauvre enseigne, nommé Julius, n'eût été son ange protecteur.

Il faut avouer que jamais génie tutélaire n'eut un extérieur plus aimable, mais aussi timide que celui de
l'ange de Clara. Qu'on se figure un
jeune homme de vingt ans, d'une
taille élancée, mais déjà un peu cour-
bée par des habitudes méditatives ;
des cheveux noirs bouclés ; des yeux

d'un bleu sombre, où semblait se
réfléter l'azur foncé d'une nuit étoi-
lée ; des lèvres pleines de franchise
et de bonté, et dont le sourire, par
un heureux accord, s'unissait toujours à celui d'un regard bienveil-
lant et doux. Admis chez Clara, sa
parente, il se tenait tout près de la
porte du salon, ou à quelque distance du cercle brillant que Clara
présidait; les yeux fixés sur elle,
quand personne ne le regardait, et
les détournant en rougissant quand
seulement un domestique, en passant, pouvait s'en apercevoir ; ne disant jamais un mot, que lorsqu'on
l'interrogeait, et parlant alors d'une

voix encore enfantine, et presque étouffée par la timidité : tel était Julius, qu'on appelait vulgairement l'*Enseigne*.

C'était un pauvre orphelin, parent éloigné de madame de Dornbach; avant d'entrer à l'école militaire, il avait été passer quelque temps chez la mère de Clara, et quoique sa cousine, âgée de deux ans plus que lui, ne fût encore qu'un enfant timide, le jeune garçon, qui dès son enfance avait mangé le pain bien dur de la pitié, se trouva encore plus timide qu'elle, et pourtant les trois mois qu'il passa auprès d'elle furent comme les mois

de miel de sa vie : tous les jours
en furent pour lui des jours de
fêtes, de printemps et de fleurs.
L'heureux enfant ne savait comment témoigner sa joie et son bonheur ; mais quand il était seul, en
pensant à la bonté de sa tante, à la
douceur, à l'aimable intérêt que lui
témoignait sa belle cousine, son
cœur se gonflait, et il versait des larmes de reconnaissance et d'amour.

Enfin vint le jour du départ. La
veille, Clara avait travaillé toute la
soirée pour finir une petite bourse de
soie qu'elle voulait lui donner comme un souvenir. En recevant ce petit
présent, le jeune homme fut telle-

ment pénétré de cette marque de
bonté inattendue, qu'il ne put l'ex-
primer qu'en tombant aux genoux
de sa cousine; et, cachant son visage
dans son tablier, il se mit à fondre
en larmes.

— Pauvre! pauvre Julius! dit
Clara, attendrie et presque prête à
pleurer, pauvre Julius!... Et à mesure qu'elle répétait cette douce ap-
pellation, avec les inflexions de la
pitié, de l'intérêt, de la tendresse,
l'émotion du jeune homme redou-
blait et devenait violente. Clara, vivement émue, posa sa main sur ses
cheveux noirs; alors cette tête doucement inclinée se releva, et pour la

première fois les yeux du jeune
homme s'élevèrent et se fixèrent sur
ceux de Clara, avec un regard em-
preint de tout ce que la vie et l'âme
humaine peuvent concevoir de douleurs et de félicité. C'était tout à la
fois le désespoir des adieux, le ravissement de l'amour, et la promesse
d'une éternelle fidélité.

— Ah! pauvre, pauvre Julius!
répéta-t-elle encore, en lui présentant ses deux mains; le jeune homme les saisit, les pressa sur son cœur
palpitant.

Le souvenir de ce moment ne
s'effaça jamais de la mémoire de
Clara, et depuis, quand des regards

d'amour, des serments passionnés lui étaient adressés, elle pensait à Julius, et le danger cessait pour elle. Julius passa deux ans à l'école militaire, deux autres comme aspirant ; enfin il obtint le grade d'*enseigne ;* Clara vint alors habiter la résidence ; il passa un jour devant la maison de madame de Dornbach, à la tête de son régiment ; la musique attira Clara à la fenêtre ; il la vit, la reconnut, et une émotion inexprimable bouleversa le sein du jeune homme : il demeura, s'arrêta comme si ses pieds étaient fixés à la terre ; un violent geste de son capitaine lui rendit le mouvement : — Que diable, monsieur l'enseigne! rêvez, si vous voulez, dans votre lit, mais ici soyez éveillé à la tête de la compagnie!...

Ce fut en vain, chaque fois qu'il passait devant la maison de Clara il manquait toujours le pas militaire; le capitaine jurait, ses camarades riaient, mais l'enseigne n'en allait pas moins son chemin.

Pendant long-temps il ne se hasarda point à passer devant cette maison, qui exerçait sur lui un si magique pouvoir; quelquefois il s'arrêtait à l'entrée de la rue, et la regardait de loin sans oser l'aborder, et peut-être n'y eût-il jamais pénétré, si Clara, ayant entendu prononcer son nom, n'eût demandé aux officiers qui fréquentaient sa maison, des nouvelles du pauvre Julius.

— Le meilleur enfant du monde, dirent d'une commune voix tous ceux qui répondirent à ses questions, mais timide comme une fille de quinze ans.

— Mais aussi sage qu'une fille de cet âge, dit le vieux major du régiment; il fit ensuite l'éloge de son instruction, de son courage, ainsi que des qualités de son cœur. On dit qu'il est pauvre, ajouta-t-il, mais, messieurs, il est plus riche que beaucoup de riches d'entre vous, car il ne fait point de dettes, et il a encore de quoi donner.

Ces détails intéressèrent Clara, elle pria le major de lui amener Julius. Le lendemain, au soir, on entendit dans l'antichambre :

— Allons donc, enseigne ; que diable ! avancez donc ! Un beau soldat, ma foi ! qui a peur d'une jolie femme !

C'était la voix du major, qui gourmandait le timide Julius.

— Ah ! voilà l'enseigne ! s'écrièrent, en riant, les jeunes officiers ; Clara alla au devant de lui ; le major le poussait par les épaules pour le faire entrer dans le salon ; il fit un salut profond, respectueux, quoique assez gauche , mais ne put adresser la parole à la charmante maîtresse de maison, qui lui souhaitait la bien-venue d'un air tout à fait gracieux.

— Laissez-le se remettre, lui murmura le major à demi-voix , et Clara aussitôt courut se mettre à son piano.

Est-ce bien là, en effet, cette Clara qu'il osait à peine regarder quand elle n'était parée que d'une simple robe de mousseline; alors, presque aussi timide que lui; aujourd'hui, brillante de tous les agréments que donnent à une belle femme l'usage du grand monde et

l'envie de plaire?... Quel pouvoir
n'exerce-t-elle pas sur tout ce qui
l'entoure? N'impose-t-elle pas silence à la voix bruyante du colonel,
lequel s'incline et se tait? Ne plai-
sante-t-elle pas avec le président, qui
à lui seul représente toute la cour
de justice? Ne fait-elle pas la critique de l'opéra de la veille, quand tout
le monde se tait, par ménagement
pour le maître de chapelle qui en
est l'auteur; et cet homme, d'or-
dinaire si entêté de ses ouvrages, en
convenant de la justesse de ses re-
marques, n'assure-t-il point qu'il en
profitera? Ne sait-elle pas, d'un
geste, réduire au silence le riche

comte d'Ostern , dont les rires
bruyants ébranlent les vitres, et
cela impérieusement, et sans paraître se soucier des ordres étincelants
dont la poitrine du comte est cha-
marrée? Enfin, le major qui l'a introduit, et qu'il regarde comme l'i-
mage d'un dieu sur terre, n'a-t-il pas
pour la charmante cousine un respect qui va jusqu'à l'adoration?....
Julius faisait toutes ces réflexions
debout auprès de la porte, où il
avait établi son poste ; et quand on
se sépara, Clara, s'approchant de lui,
s'empressa de lui dire qu'elle le re-
cevrait avec plaisir trois fois par se-
maine le soir, et deux fois à dîner.

A la vive rougeur qui couvrit les
joues du jeune homme, au trouble
avec lequel il tournait son chapeau,
la compâtissante Clara jugea qu'il
n'avait peut-être pas bien compris
son invitation; alors elle l'écrivit sur
une carte, et, en la lui donnant, elle
lui recommanda de ne pas oublier
de la consulter souvent.

Julius courut chez lui comme un
fou; heurtant les passants, sans seulement dire gare. Arrivé dans sa
chambre, il se mit à contempler
cette précieuse carte avec plus de
joie et d'émotion que n'en éprouve
un jeune roi en voyant la couronne
qui va ceindre sa tête; il lut les mots

écrits de la main de Clara, d'abord
tout bas, ensuite à haute voix; enfin, avec toutes les exclamations du
ravissement et du bonheur. Et puis
le nom de Clara!... Ah! les caractères qui formaient ce nom avaient
sur lui une influence pareille à celle
que les cabalistes attribuent aux
noms vénérables de Dieu; en les re-
lisant, il se croyait riche, puissant,
plein de science, heureux, et son
âme nageait dans un océan de féli-
cités. Pendant le reste de la nuit, il
entendit les ravissantes harmonies
du ciel : il voyait les nuées s'entr'ou-
vrir, et sa belle cousine, mais
dans les simples habits qu'elle por-

tait, quand, prosterné à ses genoux,
il cachait son visage dans son tablier;
il la voyait, dis-je, descendre du ciel,
comme une créature angélique, la
tête entourée d'une brillante auréo-
le d'arc-en-ciel et de lumière.

Il fut exact à se rendre aux jours
marqués, chez sa belle parente; mais
après un regard amical, jeté sur lui
en passant, Clara, occupée de la
foule de ses autres convives, oubliait
bien vite le timide jeune homme,
qui, assis à l'écart, près de la porte,
voyait de là Clara rire, causer, badi-
ner avec les jeunes gens, et n'en obtenait pour toute faveur qu'un rapide: — Hum! pauvre Julius! quand
elle passait près de lui.

O Clara! tu ne sais pas combien le gracieux sourire que tu accordes à d'autres déchire son cœur ; tu ne sais pas quel trouble ta voix caressante, en s'adressant à ceux à qui tu veux plaire, porte dans son âme. **Ah!** tu ne sais pas quelles flammes enferme cette âme tendre, généreuse, magnanime, et qu'un seul mot de toi ravit ou bouleverse!...

Elle le rencontra un jour dans une allée écartée du jardin ; il avait les yeux en pleurs, et, à la vue inopinée de Clara, il voulut le lui cacher.

Le cœur de Clara fut ému, elle s'approcha, et lui dit avec l'accent du plus tendre intérêt :

— Qu'avez-vous, bon Julius ?.....
Et elle posa sa main blanche sur la
sienne. Qu'avez-vous? regardez-moi.
(Il baissait la tête, accablé de cette
touchante bonté.) Dites - moi la vérité ! Éprouvez-vous quelque embarras? Vous manquez d'argent,
peut-être? Je suis riche, Julius ; je
suis votre parente, votre amie... Regardez-moi donc?...

Il obéit enfin, et releva vers elle
des yeux pleins d'ivresse et de flammes : — Oh ! non, grâce au ciel !
dit-il, enfin, d'une voix étouffée
par la plus violente émotion : maintenant je ne manque de rien,... je
ne désire rien... ; je suis assez riche ;... je suis... heureux !...

Son regard s'abaissait, se relevait
tour à tour, et il s'établit un silence
que ni l'un ni l'autre ne songeait à
rompre, pendant lequel Clara, pres-
sentant la cause de ce trouble, cherchait à le dissiper : — Pauvre Julius !
dit-elle encore, en pressant sa main.
Ah ! ces mots et cette douce pression étaient de trop ; ils mirent le
jeune homme hors de lui, qui alors
ne put s'empêcher de porter cette
main à ses lèvres, et de la couvrir de
baisers avec toute l'impétuosité de
la passion. Mais bientôt, effrayé de sa
témérité, il la lâcha, et demeura debout devant Clara, comme un criminel qui attend son arrêt.

Clara était trop émue elle-même pour être bien sévère; elle feignit de prendre pour l'expression de la reconnaissance ce qui n'était que celle d'un violent amour, et, renouvelant ses offres de services au jeune homme avec la même bonté, mais moins d'effusion, elle parvint à le calmer.

Pauvre Julius! répéta-t-elle quand elle fut seule dans son appartement, je croirais presque qu'il m'aime!... Un profond soupir, causé par une douleur amère, suivit ces paroles, car la malheureuse Clara, avec désespoir, sentait au fond du cœur qu'elle n'était plus digne d'un tel

sentiment. Et pourtant la pensée
qu'elle régnait dans cette âme can-
dide lui était plus douce et plus consolante que tous les triomphes que
chaque jour obtenait sa vanité. Si
du milieu de l'essaim folâtre elle jetait avec intérêt un regard sur le timide et silencieux jeune homme, il
lui semblait voir à cette porte l'ange
protecteur des jours heureux de sa
jeunesse; sa présence exerçait sur
elle une influence salutaire; elle devint plus réservée dans ses manières,
moins frivole dans ses discours, et
ce changement, qui ne la rendait pas
moins aimable, était cet hommage
involontaire que la vertu obtient

toujours, même des cœurs les plus égarés, quand on la croit sincère.

Clara fit plus que de respecter la présence de son génie tutélaire; elle l'admit, avec prudence, pourtant, dans son intimité; elle se plaisait à le faire lire haut, tandis qu'elle travaillait. D'abord le pauvre Julius se tira fort mal de l'emploi de lecteur, mais peu à peu il parvint à maîtriser son trouble, excepté quand la lecture avait pour objet des pensées où, le langage de la poésie servant d'interprète aux sentiments les plus tendres ou les plus élevés, l'enthousiasme du lecteur s'élève à la hauteur de celui du poëte. Alors si Julius, tout en lisant, voyait les mains

de Clara s'arrêter et tomber doucement sur ses genoux ; si de légers
soupirs, causés par l'émotion, frap-
paient son oreille, s'il sentait, pour
ainsi dire, le regard attendri de Clara
fixé sur lui, alors il n'osait relever
les yeux ; souvent, dans son trouble
et sa confusion, il fermait brusquement le livre, et quand l'aimable
cousine, loin de se fâcher de cette
manière étrange de terminer la lecture, lui disait : — Bon Julius ! je
vous remercie, l'amoureux jeune
homme rentrait chez lui heureux
comme un roi. Mais rien n'est stable
dans ce monde, et cette félicité à laquelle Julius eût volontiers borné
tous ses vœux fut troublée par l'ar-

rivée d'Hermann. Le pauvre Julius
vit, dès la seconde visite, que son
rôle était fini, et que les regards
que l'adorée Clara jetait sur le bel
étranger étaient plus significatifs
que tous ceux que lui, Julius, en
avait reçus jusqu'à ce jour. En effet,
une douce intimité n'avait pas tardé
à s'établir entre Hermann et Clara ;
il venait chez elle aux heures où elle
ne recevait que Julius, l'entrete-
nait des pays qu'il avait parcourus,
des mœurs qu'il avait observées ; et
sa conversation, amusante et variée,
faisait oublier les lectures du pauvre Julius. Quelquefois la belle Clara
le chargeait, en riant, de tenir sur
les bras son écheveau de soie ; ses

mains blanches et adroites, en tournant le peloton, voltigeaient devant
lui, et dans cet exercice elle déve-
loppait des grâces qui rendaient Julius triste et envieux du bonheur de
son rival. Souvent aussi, ce rival redoutable, car il possédait l'art de
bien dire, s'élevant à de plus hauts
sujets, parlait de l'amitié et de ses
douceurs, du charme de la confiance, de la foi qui sait vaincre tous
les obstacles, de l'amour qui sait re-
créer sur la terre le paradis perdu;
de la vertu, comme donnant seule à
l'homme une félicité durable; de
l'immortalité de notre âme, la plus
sublime et la plus consolante de nos
espérances; enfin de la mort, qu'il

ne regardait que comme le premier
pas fait sur la terre de la patrie,
après une longue absence; et pour
en peindre les ravissements, il em-
ployait pour comparaison la joie
qui saisit le cœur d'un exilé, à la vue
du toit paternel, en retrouvant le
théâtre de ses jeux d'enfance, les bénédictions maternelles et les em-
brassements d'une amante depuis
long-temps adorée...

Tandis qu'Hermann parlait ainsi,
Julius était dans l'état d'un compo-
siteur qui entend exécuter sur un
instrument excellent, et par une
main habile, les chants sublimes ou
tendres qu'il a composés dans des

moments d'enthousiasme : il avait
cent fois pensé et senti tout ce
qu'Hermann venait de si bien ex-
primer; il l'avait senti au fond de
son âme, mais sa bouche inhabile et
timide n'eût jamais osé révéler ces
intimes sensations.

Pour Clara, plongée dans une rê-
verie profonde, elle semblait écouter Hermann avec le plus vif intérêt;
tantôt un feu vif colorait ses joues,
et tantôt de douces larmes roulaient
dans ses yeux, suivant que le jeune
homme animait son imagination ou
touchait son cœur.

Tout en enviant le sort d'Hermann, Julius n'était pourtant pas
jaloux; et même un jour que Clara,

émue des paroles d'Hermann, pâlit
tout à coup, se leva, et les yeux en
pleurs, quitta la chambre, Julius,
qui ne pouvait se méprendre au motif de son trouble, courut à Hermann, et, le serrant sur son sein
agité : — Oh! sois béni! lui dit-il à
voix basse, sois béni! toi qui sais
toucher son cœur!...

Hermann fit d'abord de grands
yeux en entendant, pour la première fois, parler ce jeune homme,
qu'il avait pris jusqu'alors pour un
muet; toutefois l'action de Julius
était trop franche pour que Hermann n'y fût pas sensible; il em-
brassa cordialement le jeune homme, et voulut continuer avec lui

l'entretien ; mais, l'explosion passée,
celui-ci retomba dans son silence
accoutumé, ou ne laissa échapper
que quelques mots, à la vérité pleins
de sens, et qui semblaient s'échapper de son cœur, comme ces voix
prophétiques qui sortaient jadis du
sanctuaire des temples.

Cependant, depuis ce jour, quand
Hermann venait, il tendait la main
à Julius ; ou bien si dans la conversation il s'élevait quelquefois au-dessus du langage et des idées ordinai-
res, il jetait un regard de son côté,
sûr d'être compris par l'attentif
jeune homme, qui ne manquait pas
alors de témoigner son assentiment
par un signe de tête.

— Croyez-moi, chère Clara, disait
un jour Hermann, tandis que Julius
venait de quitter l'appartement, ce
silencieux jeune homme qui se tient
là chaque jour à votre porte est un
être d'une espèce rare ; c'est une
sombre nuit dans l'obscurité de laquelle errent des esprits ; mais de
ces bons génies qui découvrent les
trésors, et qui, un doigt sur les lèvres, commandent le silence et la
paix.

— Vous l'avez dit, répondit Clara,
un peu troublée, c'est un bon génie,
le mien, peut-être ; je ne le regarde
jamais sans émotion !...

Pauvre Julius, si tu avais pu entendre ces douces et mystérieuses

paroles,... la joie qu'elles t'eussent donnée aurait banni de ton cœur le démon envieux qui commençait à s'y glisser, et à le remplir de ses angoisses brûlantes ! En voyant le progrès que Hermann faisait chaque jour dans les affections de Clara, en la voyant chaque jour ne sourire qu'à lui, n'écouter que lui, ne s'occuper que de lui seul, à tel point, qu'un jour elle oublia de lui dire en passant : — Pauvre Julius !... une douleur sans espérance s'empara du cœur du jeune infortuné ; il s'abstint de se trouver en tiers avec Clara quand il savait que Hermann était près d'elle. Un soir qu'il passait près de l'appartement de Clara, la porte

en était ouverte, il entra dans son
cabinet ; la pendule à flûtes que jadis
le chevalier avait donnée à Clara s'y
trouvait ; mais elle n'avait pas été
remontée depuis le jour fatal où son
harmonie avait si douloureusement
frappé l'oreille de la malheureuse
fille. Julius s'arrêta devant cette
pendule : — Quand sonneras-tu aussi
l'heure dernière de ma triste vie?...
dit-il à voix basse ; mais les aiguilles
étaient arrêtées, le balancier immobile et les flûtes depuis long-temps
muettes. — Silencieuse ! dit - il,
muette comme mon cœur!... Mais
les heures de ton bonheur, Clara !
s'écria-t-il attendri, ne doivent pas
s'arrêter !... Il chercha la clé ; ne la

trouvant point, il donna seulement
le mouvement au balancier, et la
voix de Clara, suivie d'Hermann,
s'étant fait entendre dans la chambre voisine, il quitta rapidement le
cabinet, et s'enfuit chez lui.

C'était le même soir que Hermann
avait déclaré son amour; déjà Clara,
émue, ravie, lui tendait les mains en
signe de consentement; déjà ses lèvres s'entr'ouvraient pour lui dire
qu'elle l'aimait, quand la fatale pendule sonna, et l'ancien désespoir
s'empara de nouveau du cœur de sa
victime.

FIN DU TROISIÈME VOLUME.

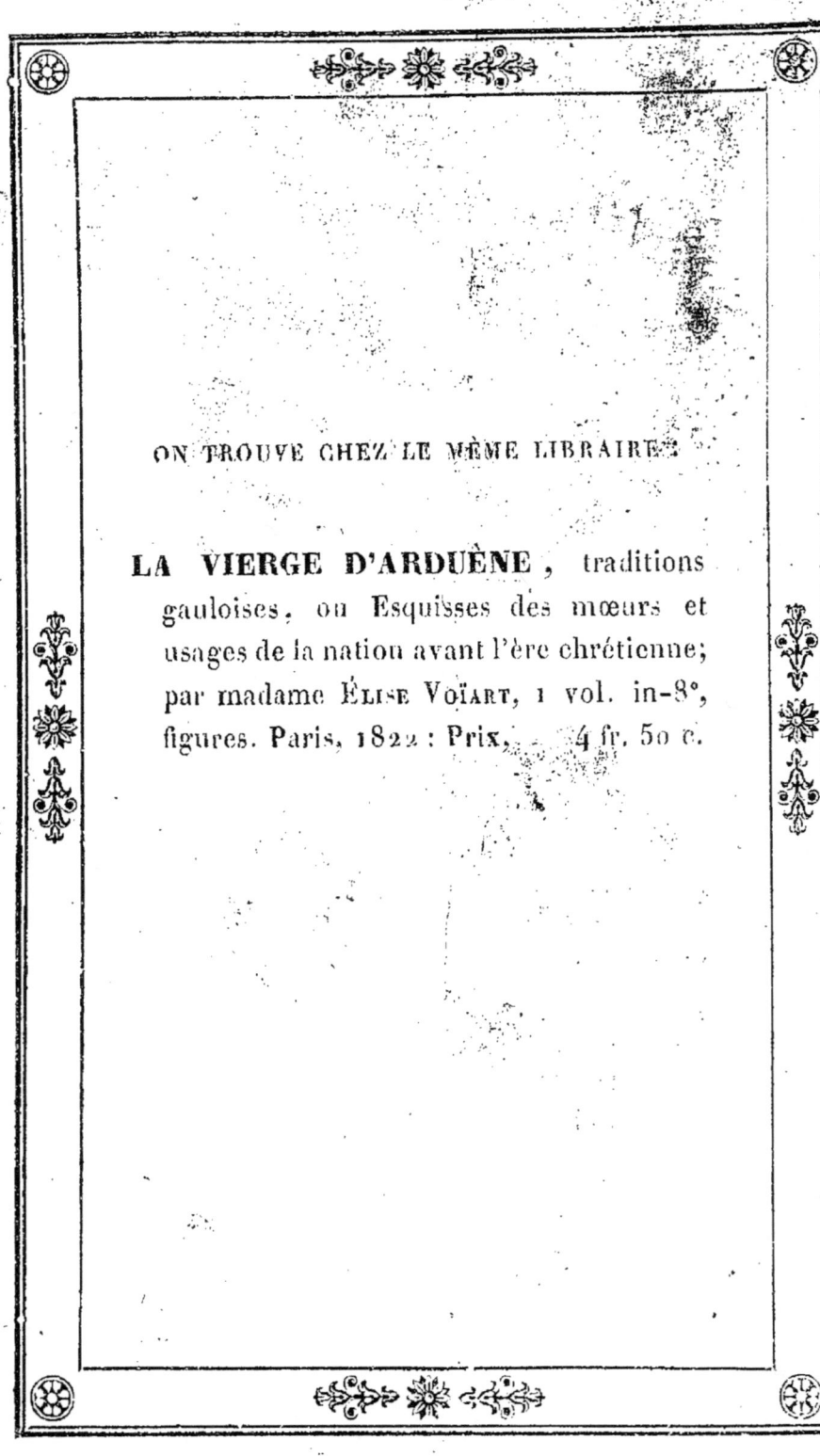

ON TROUVE CHEZ LE MÊME LIBRAIRE.

LA VIERGE D'ARDUÈNE, traditions gauloises. ou Esquisses des mœurs et usages de la nation avant l'ère chrétienne; par madame ÉLISE VOÏART, 1 vol. in-8°, figures. Paris, 1822 : Prix,   4 fr. 5o c.

www.ingramcontent.com/pod-product-compliance
Lightning Source LLC
Chambersburg PA
CBHW061434030726
47503CB00005B/1402